雅众诗丛·日本卷

禍のひとつひとつが笑っている顔だ

滴一滴都是笑着的脸

[日] 住宅显信 著

余子庆 译

上海三联书店

雅众文化　出品

住宅显信

（すみたく けんしん，1961—1987）

　　自由律俳句代表俳人。本名住宅春美，日本冈山县人。22 岁于京都西本愿寺出家得度，成为净土真宗本愿寺派的僧侣，法名显信。23 岁时罹患急性骨髓性白血病。1987 年离世，终年 25 岁。患病期间，他沉浸于自由律俳句的创作，共留下作品 281 句。

　　显信去世前，整理自己的作品成集，命名为《未完成》（本次中文版出版，取冈山县旭川河畔显信句碑上的俳句"水的一滴一滴都是笑着的脸"为题）。其代表俳句刊载于日本中学、高中教科书中。

余子庆

1989 年生，湖北宜昌人。先后毕业于华中师范大学、日本新潟大学。中日近代史比较研究者、日文译者。自接触日本文学以来，钟情于俳句。另译有天童荒太所著《月夜潜者》。

目 录

译者序

在说显信的俳句之前，首先向大家介绍一下自由律俳句。

俳句，要说历史渊源的话，牵涉到"连歌""俳谐连歌""发句"的演变历史，几句话说不清楚，与写这篇序文的主旨也不符；而且不知道这些历史细节，对现代俳句理解的影响也不是很大，因此这里不作过多叙述。只是有一点希望大家了解，俳句，严格来说是正冈子规[1]俳句革新之后才有的概念，是一种近代文学样式。正冈子规之前，如大家熟知的松尾芭蕉[2]，他所写的应称为"俳谐的发句"。正冈子规开创出近代俳句，他的弟子高滨虚子[3]及其门人恪守五七五的音数和季语

---

[1] 正冈子规，1867—1902，本名正冈常规，日本爱媛县人，近现代俳句与短歌的奠基人。

[2] 松尾芭蕉，1644—1694，江户时代前期的俳谐师，今三重县伊贺人，后世尊为俳圣。

[3] 高滨虚子，1874—1959，本名高滨清，日本爱媛县人，俳人、小说家。

规范，继承和延续了传统俳句的源流；子规另一弟子河东碧梧桐[1]及其门人所发扬的新倾向俳句，即是后来自由律俳句的滥觞。

俳句的格律，主要来说有两个要求：一是整句分"上五""中七""下五"三个部分，加起来总共十七音。如子规的俳句"三千の俳句を閲し柿二つ"，全以假名写出，则为：

さんぜんの
はいくをけみし
かきふたつ

创作俳句的时候，与我国填词里的"减字摊破"类似，也有所谓"破调"。一般来说，上五可以增为六音乃至更多，下五偶尔见到写成六音的，最严格的是中七，一般来说必须恪守。如高滨虚子的俳句"凡そ天下に去来ほどの小さき墓に参りけり"，全以假名写出，则为：

およそてんかにきょらいほどの

1　河东碧梧桐，1873—1937，本名河东秉五郎，日本爱媛县人，俳人、随笔家。

ちいさきはかに
まいりけり

　　上五部分多达十三音，但是中七和下五都如数。另有一
种"句跨"的形式，意思是文节断句不合五七五的要求，但
是总音数是十七音。如西东三鬼[1]的俳句"算術の少年しのび
泣けり夏"，其读音为：

さんじゅつの
しょうねんしのびなけり
なつ

　　俳句格律的另一个要求是季语。季语，是指天文、地理、
时候、生活、节日、动物、植物中，能表示季节的词语。如
二十四节气，每个都是季语。又如樱花是春季，炎天是夏季，
红叶是秋季，北风是冬季等等。
　　说了这么多，终于可以说明什么是自由律俳句了。自由
律俳句，则是既不局限于"上五""中七""下五"这样总

1　西东三鬼，1900—1962，本名斋藤敬直，日本冈山县人，牙医、俳人。

共十七音的音数要求，也并不一定要有季语。按源流来说，更在破调的俳句之外，是近现代俳句发展变化中出现的一个新流派。自由律俳句摆脱了音数和季语的管束，追求随心而咏。自由律，即所谓感情的自由律动。正如住宅显信所云："不是要作俳句，而是想写像山头火、放哉那样的俳句（自然生出的俳句）。与其在俳句的技法上用力，不如提高心境上的东西。"

虽名为自由律，却也并不是张口说话就能称为自由律俳句。自由律俳句依旧是俳句，是诗。对语言韵律的要求，正因为突破了大家都接受的五七五的形式，若要精炼而且动人，反而更难。

自由律的代表作家，有中塚一碧楼[1]、荻原井泉水[2]、种田山头火[3]、尾崎放哉[4]等。住宅显信尤其推崇尾崎放哉，精读他的全集，圈点笔记，乃至将书读破。可以说，住宅显信

---

1 中塚一碧楼，1887—1946，本名中塚直三，日本冈山县人，俳人，河东碧梧桐之门人。

2 荻原井泉水，1884—1976，本名荻原藤吉，日本东京人。日本自由律俳句作家，俳句理论家。

3 种田山头火，1882—1940，本名种田正一，日本山口县人，早稻田大学肄业，荻原井泉水之门人，日本自由律俳句的代表作家。

4 尾崎放哉，1885—1926，本名尾崎秀雄，日本鸟取县人，东京大学毕业，荻原井泉水之门人，日本自由律俳句的代表作家。

是在精研前人作品的基础之上再行创作的。

现在终于可以说一说显信的俳句了。

住宅显信，本名住宅春美，日本冈山县人。中学毕业后进技校学厨，同时在餐馆打工，后来进入市政厅做清扫员。其间信入净土真宗[1]，学习日本中央佛教学院的远程教育课程，努力参研并取得僧侣资格，其俳号"显信"就是这个时候取得的法名。他在二十二岁时结婚，原本生活走上正轨，但不幸于二十三岁时罹患急性骨髓性白血病。住院后不久，其妻产下一子，但儿子的诞生并没有改善当时的窘境，迫于妻子娘家的要求，他不得不和妻子离婚，但儿子归住宅家抚养。其后，他沉浸在自由律俳句的创作中，留下281句作品。1987年，显信去世，终年二十五岁。

说到白血病，或许有不少读者会自然联想到很多文学文艺作品中主人公得绝症的催泪剧情。但是译完显信的句集，

---

1 净土真宗，日本佛教宗派之一，始于净土宗和尚亲鸾，他认为只要念佛足够用功，无论好人恶人，都能得到阿弥陀佛的帮助，往生极乐世界，并最终成佛。其教义是完全的"他力"，提出"恶人正机"学说，并亲自打破佛家戒律，娶妻生子，开了日本和尚娶妻的先河。其子孙皆继承寺院，某种意义上，成为了家族产业（江户时期，德川幕府确立的檀家制度，令佛教寺院成为专为人供奉死去先人的、某种意义上的国家机关，供奉者需要为此支付各种的费用。这种制度，至今仍留存于日本社会。檀家的供奉，是僧侣收入的来源）。明治后，不论宗派如何，和尚皆允许结婚生子，对吃荤也没有限制。现代日本的和尚，与其说是修行人，或更应该说他们是从事宗教性职业的普通人（当然，不能否认其中有虔诚的佛教徒）。因此，住宅显信即便出家做了和尚，也照样可以结婚生子。

我却并不觉得他刻意要人流泪，他只是坦率地表达了他的悲伤和温柔，乃至冷静，乃至对人生种种境遇的接受。

此前跟我的恩师石桥一纪老师探讨显信的俳句时，老师说，二十几岁的年纪，却不得不直面快速逼近的死神。他活着的每一天，就仿佛是向一片漆黑中扔一个石子，却一点声音也没有。但是他没有沉溺于悲伤，反而时不时吟咏幽默的俳句。这是因为他接受了即将到来的死，所以能面对当下仅存的余生。此前去冈山访问显信生前的好友，冈山大学名誉教授池畑秀一老师的时候，池畑老师也说当年去看望显信的时候，显信曾亲口对自己说"我知道我已经来日无多，但是我感谢我的病"。正因为病，才让他感知到一般人无从感知的东西，更知道该珍惜什么，更体悟到生死的意义。

当然，我们不能忽视佛教教义对他的影响。显信是净土真宗僧侣，接受过正规的佛教教育。因此"诸行无常""放下""感恩"这些佛理理念，都支撑着显信的信念。但是显信是不是就看破红尘，没有了常人的血肉和感情呢？不是。面对绝症，他也寂寞悲伤，希望自己能活下去。作为儿子，他恨自己无力尽孝。作为父亲，他爱他的儿子，也恋恋不舍。他高兴地跟朋友聊天，有时也会因为俳句而争执，他反对美化战争，他也喜欢悉心照料他的一位护士……总之，我看到的是一个活生生的人。显信去世之后，他的生前好友，以池畑秀一老师为代表，都在致力于发扬他的作品，希望世界上能有更多人读他的作品。我想，正是因为显信有血有肉的真诚创作，才让他的作品具有打动人心的力量，才让那么多人从他的作品里获得力量。

或许我应该多列举显信的句作，来佐证上面的论述。但作为翻译，在序文里似乎不宜说得太多。谨在此转述其子住宅春树先生的话，请大家阅读显信的俳句吧。

"作者想要表达的东西，并不完全等同于读者感受到的东西。而且，俳句本身也有文字游戏的因素。父亲只留下了句集，却没有留下任何注解，估计就是希望读者不必过于追求作者的原意，而是自由地阅读和感受吧。"

余子庆

2020 年 7 月于东京

序[1]

立志于自由律俳句之路的我们，从心底里以人性为贵。人性，原本只在西欧地区才自古以来为人所看重，但如今已是全世界人们生存的主题。本来，人都是以一个"未完成"的状态来到这个世界的。正因为如此，随着年岁的增长，逐步通过各种学习，自己磨炼自己，以臻完善——这不正是作为人降生到这个世界的价值之所在吗？此次二十五岁便英年早逝的住宅显信君创作的句集《未完成》得以付梓，对于他生前将自己的句集命名为"未完成"的坦率，我再次觉得感动不已。

春风里沉重的门。 显信

1　此序是弥生书房 1988 年首次出版显信句集时，俳人井上三喜夫所作。

8

显信从冈山市立石井中学毕业后，似乎觉察到了家里的状况，随即就参加了工作。努力工作之余，他热心阅读佛教书籍，听取佛教讲座，取得僧侣执照，并于昭和五十八年（1983年）7月在京都西本愿寺出家得度，一切看上去都充满了希望。可惜好景不长，他突然罹患恶疾，于五十九年（1984年）2月住进冈山市民医院，随即被诊断为白血病。此句，是他在这样的希望和绝望中活着的日子里写出的作品。在这一句里，我读到了一个二十岁的青年想把堵在自己面前的沉重的门，作为"春风里的"门拥入怀中的悲伤和温柔。

山头火有一句诗，云"春风里，钵子一个（春風の鉢の子一つ）"，为人所熟知。显信很喜欢山头火的俳句，也继承了他以全身心直面"我之生"的态度，不假虚饰，如实坦率地吟咏俳句。这正是"入信即作句"的境界。在此境界，只要不断坦率地创作俳句，"沉重的门"就自然会打开。因此生病期间，他也有"将头托管给秋风，帮我剃发"这样持心轻妙洒脱的时候。

打开谢绝会客的门，冬天进来了。　显信

住院之后，一直都是亲人在悉心照料。因此，显信也会有自然咏出"仅测量了脉搏，安宁的早晨"这样俳句的时候。但是随着病情恶化，更多时候他不得不谢绝会客。在这样的日子里，可能是某天有人出门时门没关严，冷风突然吹了进来，传来冬的消息。谢绝会客的显信在病房里，对于这一偶然现况，感到了一丝谐谑。不过是两三年前才开始创作俳句的他，就能写出如此出色的作品，这都是他与生俱来的、灵活的诗感以及年纪轻轻就下足了苦功的成果。

　　夜冷清，有人笑了起来。　显信

　　心思集中在俳句上的时候可以暂时忘记病苦，但是医院夜里的寂寞可谓是无底的深渊。这时候，"有人笑了起来"的声音听得清清楚楚。这种谐谑，或许和放哉的"呵呵"类似。显信是在皈依了佛教的自己身上，看到了与大空放哉[1]相似的特征吗？

　　说起来，《层云》[2]的各位同仁请我写序时，我之所以能不顾年老昏聩而接受，是因为我从显信对放哉的态度里，感受到了一脉相承的东西。而且，显信去世后，看到以池畑秀

1　大空放哉，即尾崎放哉，大空放哉是其戒名。

2　《層雲》，自由律俳句杂志。1911 年 4 月由荻原井泉水创刊。

一氏为代表的很多人都对显信爱惜不已，我也深深为他们的至情所打动。与此同时，我也更加确信，正是在这些没有名姓的灵魂相聚的根源里，以人性为贵的自由律俳句之道才得以生生不息。另外，继彰显山头火、放哉之后，弥生书房津曲社长又将住宅显信句集《未完成》献给世人。对于他的热情，我感激不已。这份厚意，我希望能传递给更多同道中的兄弟姐妹。我想显信也一定会这样想，并会为此而高兴。

为我倒茶，我感动不已。 显信

井上三喜夫[1]

---

1 井上三喜夫（1904—1990），自由律俳人，曾编修《尾崎放哉全集》。

试作帐*

* 原文作「試作帐」，帐，指笔记，本子。试作帐，包含本书第一句至第一百零一句，由显信自费出版于一九八五年，即他得病（急性骨髓性白血病）住院的次年。

1　从无聊的病房窗里，拜领雨。

たいくつな病室の窓に雨をいただく

1译者注："いただく"，这个词是"接受"的谦语形式，从身份地位上来说，一般是下对上的用语，词意中含有对对方的尊重和自己内心的感谢。这一句应该是显信住院后不久的作品。白血病给人的痛苦，除了白血病本身外，化疗还会带来如食欲不振、恶心、呕吐、高烧、便血等等副作用。重疾煎熬，又囿于一室，显信的心境大约可以想见。再平常不过的雨声，在他来说也稍稍解除了"无聊"，感到是一种安慰，值得感激。这一句，似乎也可以窥见显信作为一个佛教徒的虔诚。据显信生前好友池畑老师回忆，显信的家人虽然自始至终都没有实话告诉他得的是什么病，但是种种症状让显信很早就知道了自己得的是不治之症。池畑老师说，他曾亲耳听显信说他感谢自己的病，从来没有怨天尤人过，也一直积极接受治疗。

2 　渐渐冷起来的夜里，黑色的电话机。

だんだんさむくなる夜の黒い電話機

3 　雨声里醒来后，接着下的雨。

雨音にめざめてより降りつづく雨

2 译者注：参看 NTT 东日本官网关于日本电话机变迁的记录，得知
日本八十年代的电话座机已经有数字按键，形制与现在类似。黑色
电话机的光泽，似乎让夜越发冷起来。作者的寂寞孤独，亦可推察。

4   镜子里浮肿的脸，摸一摸。

カガミの中のむくんだ顔なでてみる

5   输液瓶和白月悬挂着的夜。

点滴と白い月とがぶらさがっている夜

4译者注：这一句按中文的语序，似乎应该说：摸一摸镜子里浮肿的脸。原句的语序，就像是电影镜头，有一个人去照镜子，镜子里映出浮肿的脸来，然后这个人伸手去摸脸。因此译文不按中文语序调整。

6　　默默地，看着夜里的天花板。

だまって夜の天井をみている

7　　窗，与远处有墓地的山相对。

窓は遠く墓地のある山とむかいあう

8 火灾后的废墟，浑水流着。

焼け跡のにごり水流れる

8 译者注：这句或许是写消防员喷水扑灭火灾以后，烧毁的废墟里，浑水流出来的情景，也有可能是雨后，从烧毁的废墟里流出浑水来。关于这一句，译者10月24日去显信家探访的时候，问过显信的生前好友池畑老师以及显信的儿子春树，二人也说不能确定。春树先生说，作者想要表达的东西，并不完全等同于读者感受到的东西。而且，俳句本身也有文字游戏的因素。父亲只留下了句集，却没有留下任何注解，估计就是希望读者不必过于追求作者的原意，而是可以自由地阅读和感受。

9   敞开的窗里是蔚蓝的天。

あけっぱなしの窓が青空だ

10   照亮一座坟，墓山的夕阳。

一つの墓を光らせ墓山夕やけ

9 译者注：这一句作于显信得病住院之前。意在描绘从高处的窗里，向外眺望时的开放感。

10 译者注：由第 7 句可知，显信透过窗户可以看到远处山上的墓地。夕阳下，墓地里有一座坟，反射着阳光，比起其他坟，显得尤其明亮。

11　延迟出院这天，昼月窥视了窗。

退院がのびた日の昼月が窓をのぞく

12　夜里，映在输液瓶中扭曲的月亮。

夜の点滴にうつすまがった月だ

11 译者注：昼月，即白天也能看见的月亮。

13   睡不着的夜里，洗着脸。

　　　　寝れぬ夜の顔あらっている

14   寂寞，是夜里电话机的黑色光泽。

　　　　淋しさは夜の電話の黒い光沢

15　长男　首次过男孩节

看着婴儿的睡容，轻轻关上门。

長男初節句 *

赤ん坊の寝顔へそっと戸をしめる

16　**身在只有日光灯声音的安静中。**

蛍光灯の音のみの静けさにおる

* "初節句"，指小孩出生至满一岁之间度过的第一个男孩节或者女孩节。男孩节即端午节，五月初五；女孩节即上巳节，日本称为"雏祭"，三月初三。现代日本都按公历过，因此分别改为 5 月 5 日和 3 月 3 日。

16 译者注：日光灯亮着的时候，留神听的话，会发现有嗡嗡的声音。这里是因为周遭特别安静，因此仅能听到日光灯的声音。

17　从冈山市役所＊离职

递交辞职申请后，早晨又来到了枕边。

岡山市役所を退職

退職願出して来た枕元に朝が来ていた

18　夜窗里，无意中映出的脸。

夜の窓にふとうつる顔がある

---

17 译者注：辞职申请交出去了，从今以后，自己将没有收入；但是早晨还会每天如期而至。病得治，日子得过，都要花钱，该如何是好？

＊市役所，即市政厅，处理城市行政事务的政府机构。住宅显信曾在冈山市役所供职。

19   护士们的声音交相辉映，早上的巡诊。

      看護婦らの声光り合う朝の廻診

20   今天，从打开体温计的盖子开始。

      今日が始まる検温器のふたとる

19译者注：早上巡诊的时候，护士们围在床前，主治医生可能也来了，大家说话的声音，仿佛与晨光一起，交相辉映，令"我"感到生命的存在。

21 念佛的嘴，发了牢骚。

念仏の口が愚痴ゆうていた

22 尽情哭，哭到尽兴的哭脸。

泣くだけ泣いて気の済んだ泣き顔

21 译者注：念佛，是净土宗以及净土真宗的佛教徒修行方式的一种，不断念诵"南无阿弥陀佛"。

22 译者注：显信的儿子春树，生得健康壮实。哭的时候，想必气力饱满。这一句是显信作为父亲，满含爱子之情的一句。

23　开始下的雨，是夜的心跳声。

降りはじめた雨が夜の心音

24　洗脸盆里扭曲的脸，捧起来。

洗面器の中のゆがんだ顔すくいあげる

23 译者注："心音"，指心跳声。

24 译者注：这一句与第4句类似，按中文的语序，似乎应该说：捧起洗脸盆里扭曲的脸，或者：将洗脸盆里的脸捧起来。但是读原句，脑海中首先浮现出来的是洗脸盆里的脸，然后才有捧起来的动作，整句呈现的情景，时间跨度似乎比中文的两种说法要长一点，因此直译为：洗脸盆里扭曲的脸，捧起来。

25 天空阴沉，话（事）有出入。
　　曇り空重く話くいちがっている

26 窗里下着的雨，延迟了早晨的到来。
　　朝をおくらせて窓に降る雨

25 译者注："話くいちがっている"，这里的"话"，既可以指所说
的话合不拢，也可以表示某件事出现了分歧。住宅显信罹患白血病
后，其妻子产下一子，不久依娘家要求与显信离了婚。此句似乎是
指此事。但此句没有写创作时间，译者不敢胡乱臆测。仅看这一句
在句集中的顺序，是其子出生后不久，姑妄言之。

27   自嘲

合十的这双手，拍蚊子。

自嘲

合掌するその手が蚊をうつ

28   想着无可奈何的事，夜深了。

どうにもならぬこと考えていて夜が深まる

29 早上，从贫血的身体里抽去的血。

血の乏しい身体の朝のぬいてゆかれる血

30 池田先生来访

拿针线的温暖的手，握着我的手。

池田先生来訪

針を持つ暖かき手が手をつつんでくれる

30 译者注：池田先生，指池田实吉，生于大正九年（1920 年），本职是裁缝，当时也兼在俳句杂志层云社事务室任职。显信奉他为师。池田先生待人特别亲切周到，多次去病房探望显信，鼓励他。因为是裁缝，所以说他的手是拿针的手。原文是说拿针的手，翻译时为避免误解为医生，所以译为拿针线的手。

31　药将成为终生的朋友吗？今早的药。

薬が生涯の友になるのか今朝の薬

32　仅测量了脉搏，安宁的早晨。

脈を計っただけの平安な朝です

31 译者注：前半句发问：药将是终生的朋友吗？后半句落在今天早
上的药上。昨天、前天，不，从住院那天开始就每天吃药，今后恐
怕也要一直吃下去。"今早的药"连着过去和将来，以及作者无可
奈何，渐至接受如此状态的心情。

32 译者注：平素要么抽血化验，要么问诊，或者其他检查，但是今
天仅测量了脉搏，由是感到安宁。

33　连梦里都有妹妹随同照料的围裙。

夢にさえ付添の妹のエプロン

34　病了，远去日子里的蝉鸣。

病んで遠い日のせみの声

35　以弄坏的身体，度过夏天。

こわした身体で夏を生きる

36　想去走一走的廊下，洒着夏天清爽的阳光。

歩きたい廊下に爽やかな夏の陽のさす

35 译者注：此句似乎承接前一句，意在强调这个夏天的自己病了。

36 译者注：第 34 句、35 句、36 句似乎可以看作一组，都是作者因病生愁。但是第 34 句和第 35 句更多的是忧惧，而这一句虽然有想去走一走而不得的伤感，但是至少看见的阳光是清爽的，由此可推察作者心地并不是一味愁苦，也有对生的渴望，有积极的一面。

37　桌上放了一瓶牛奶，今天的晨光照射着。

机に一本の牛乳が置かれ今日の朝日さす

38　踩着朝露，祭扫秋风中的墓。

朝露をふんで秋風の墓をまいる

37译者注：这也是包含感谢之情的一句。纵观这本句集，多处可见显信对家人的感谢。可见他的心地，虽然饱受重疾煎熬，但总是温暖的。

39 　风中念佛，报恩。

報恩の風の中に念仏

<hr/>

39 译者注：报恩，是佛教诸教义中重要的一条。显信在自家建了"无量寿庵"，短暂出院时，一回到家，他都换上僧衣，于庵中朗声念诵佛号。想必不在庵中的时候，他也无时不在念佛，念佛修行，回向报恩。

40　下雨的时候不能去玩了，"我"的长靴。

雨降りは遊びに行けないボクの長ぐつ

40 译者注：日语里，表示第一人称"我"的说法有多种。"ボク"，是其中一种，一般是小朋友称自己。转而亦以此指代小朋友，口语中还可将"ボク"转做第二人称，即"小朋友你"。所以这里的"我"，指的是显信的幼子。显信的病房，带独立厨卫浴，病床对面铺了榻榻米。长男春树出生后，褓襁就放在榻榻米上。这一句，想必是看到遗忘在病房里的儿子的雨靴，因而想到下雨时就不能出去玩了。用"ボク"这一词，传达出了父亲对孩子的怜爱。

41　帮我擦拭裸身时，被月亮偷看了。

裸をふいてもらい月にのぞかれていた

42　月被霓虹灯的亮光关在外面了。

ネオンの明るさ月が締めだされている

41 译者注：一般来说，洗澡这件事情，是不大愿意别人在场的。但病重的"我"，却不得不请人帮忙擦干身体。这时候，看见窗外的月亮，仿佛这一幕，被月亮偷看了。有一点幽默，也有一点无可奈何。

42 译者注：按照正常的语序，似乎应该说"明亮的霓虹灯"，但是原文是将形容词"明亮"名词化了，意在表达，正是因为霓虹灯的亮光，月亮才被关在了外面。想必大家都有类似经验：大城市里，即便到了晚上也灯明如昼，是很难看到星星和月亮的。"我"今天没看到月亮，估计是被霓虹灯的亮光关在外面了。

43　朝着天亮起来的窗走去。

夜が明けてくる窓に歩む

43 译者注：这一句，似乎可以和第 13 句一起看。住院的病人，多半躺在床上休养，睡觉时间和一般人不一样。白天睡得比较多的话，晚上有时候睡不着。看到窗外渐渐明亮起来，于是起身去窗前看看。

44   文字处理机，将寂寞不断猛烈敲打成文字。

淋しさをワープロがたたきつけていく文字

44 译者注："ワープロ"，即 word processor，汉译"文字处理机"。
此句单从语法上说不通。"淋しさをワープロがたたきつけていく"，
前面这部分是主谓宾完整的一句话，意为：文字处理机将寂寞不断
猛烈敲打。但是这一句后面连着"文字"，似乎整句作了"文字"
的定语。完全直译，则为"文字处理机将寂寞不断猛烈敲打的文字"，
意思就不通了。总之，在文字处理机上打字的肯定是人，寂寞也肯
定是人的寂寞。人在敲打文字处理机，文字处理机上出现一行行的
字。因此译成：文字处理机，将寂寞不断猛烈敲打成文字。

打开应会再归来的门，出去。

我出门去，留下门开着；我应该还会再
归来。

また帰って来るはずの扉開けて出て行く

45译者注：这一句，从字面上来说，可以有两种意思。一种是：我
打开门出去，心里想，我应该还会再回来；第二种是：我出门去了，
将门开着，因为我还会再回来。从情理上来说，一般出门，都会把
门关上；但是留下门开着，这样的说法在诗里面也不是不能成立。
所以两种意思都译出来，请读者自己体会。

46 被雨抢了工作，街巷睡着懒觉。

雨に仕事をとられて街が朝寝している

47 串台的收音机里说台风来了。

台風が来るというラジオ混線している

48 　在烟灰缸里掐灭，没有争吵的打算。
　　灰皿にもみけしていさかうつもりはない

49 　病了，将瘦削如斯的月放在窗里。
　　病后瘦削如斯，将月放在窗里。
　　病んでこんなにもやせた月を窓に置く

48 译者注：译者也曾经是烟民，所以似乎能窥见这种心情。一般来说，情绪烦躁的时候，就会想抽烟，抽着抽着，情绪稍稍缓解，于是掐灭烟头，算了。

49 译者注：此句断句不同，意思也有细微差别，所以两种都译出。天天在病房里，躺在病床上，能看见的天空总是窗户里的天空，所以月亮仿佛是放在窗户里一般。这一句里写的月，想必是新月或者残月，弯弯一道；此时的"我"，也因为疾病而骨瘦如柴。写月亮瘦削，也是自况。

50   能坐起来，午间下起雨来。

坐ることができて昼の雨となる

51   不打算抵抗命运，能走一步是一步。

流れにさからうまい歩けるだけを歩く

50 译者注：今天感觉精神稍好，可以坐起来，但是窗外却下着雨，稍稍有些失落。

51 译者注：这一句应该是整个句集的一个转折点，正式表明自己接受现实。

52 寂寞，激起了池里的波纹。

淋しさが池に波紋をつくっている

53 暖暖的火锅，用我家的筷子来吃。

おなべはあたたかい我が家の箸でいただく

52 译者注："风乍起，吹皱一池春水"，乃是因为"我"愁，所以
与我有关。这一句直接说，水池里的波纹，是"我"的寂寞激起的。

53 译者注：这一句应该是短暂出院，回到家里，和家人一起吃火锅
时的情景（日本的火锅有多种，但都与我国的火锅大不相同，此处
译为火锅，实为便宜，读者知悉）。特意说"用我家的筷子"，回
家的欣喜之情溢于言表。

54 酒杯里，溢出欣喜的脸。

盃にうれしい顔があふれる

55 夜窗里，令人生寒的雨的曲线。

夜の窓に肌寒い雨の曲線

54译者注：这一句应该是连着上一句，即回到家中，和家人团聚，围着桌子吃火锅。端起斟满的酒杯，看见杯中我的笑脸。既是酒溢出来，也是自己的欢喜之情溢出来。

55译者注：能看见雨的曲线，要么是有路灯的映衬；抑或是雨珠打在窗户上，划动出了曲线。既是曲线，说明有风。病房里想必不会太冷，但想到外面风雨交加，自己重疾难痊，因而更觉寒意。

56   病，就像如此剥鸡蛋的指尖。

こうして病いが玉子をむく指先

56 译者注：此句与第 44 句类似，单从语法上说不通。"こうして病いが玉子をむく（如此，病剥鸡蛋）"是一句完整的话，但是这句话后面连着"指先（指尖）"，使这句话成了"指先（指尖）"的定语。所以，到底是病剥了鸡蛋，还是指尖剥了鸡蛋，就说不通了。关于如何断句及理解，译者以为，剥鸡蛋的必然是指尖，因此，"玉子をむく指先（剥鸡蛋的指尖）"应该是一个整体；前面"こうして病いが"成为半句，应该是故意省略，且将想表达的意义托付在了"剥鸡蛋的指尖"这一意象上。因此，整句想要表达的意思，应该是：不治之病，也如剥鸡蛋的指尖（剥蚀了我）。

57 影子也吃着粗茶淡饭。

影もそまつな食事をしている

58 一天的结束，一天的开始，（都是）测体温。

一日の終わり一日の始まりの検温

57译者注：生病后，想吃的东西也吃不了，只能吃没有滋味的病人餐。
这时，看见自己的影子也在吃饭，由是又反观自己，确认自己还活着。

59 巡诊也结束了，又是只能躺着的时间。
廻診も終わりまた横になるだけの時間

60 枕上的耳朵，能辨出巡诊的脚步声。
枕の耳が廻診のくつ音を知っている

59 译者注：第 19 句中描写巡诊，晨光中听着护士们说话的感动。
现在，巡诊也结束了，接下来一整天，都只能默默地躺着。由此也
可以理解第 1 句中拜领窗里的雨。

60 译者注：住院日复一日，"我"已经完全习惯在医院的生活，躺
在床上，甚至连巡诊的脚步声，都能分辨出来。

61　雨声里的秋天，早早来到了病房。

早い雨音の秋が来た病室

61 译者注："雨音の秋"，即秋天在雨声里面，将抽象的"秋"这一
概念，具象化为雨声。在病房里听见雨声，感到寒意，就是秋天来
到了病房里。而且，今年的秋天来得似乎比往年要早一些。另外，
按理来说，日语里"はやい"这个词，可以写作"早い"，表示时间早，
也可以写作"速い"，表示速度快。这里写作"早い"，自然作时间
上早来理解。但是第134句，虽写作"早い"，意思却明显是说节奏快，
因此这一句里，也可能是作者把汉字写错了。如果这一句里也是指
速度快的话，则意思变为"急促雨声里的秋天，来到了病房"。

49

62 脸埋在冰枕里，今天过去了。

冰枕にうずめた顔に今日が過ぎていく

63 意见不合，床铺上各自的枕头。

意見のくいちがい寝床のそれぞれの枕

62 译者注：冰枕，即装上水和碎冰块的橡胶水袋，用来使头部冷却。一整天都发高烧，躺在冰枕上痛苦不堪，今天就这么过去了。

63 译者注：显信的病房有独立厨卫浴，病床对面也放有榻榻米，除了儿子的襁褓之外，照顾他的妹妹也常在榻榻米上休息。"寝床"意为放着被子睡觉的地方，译为"床铺"似乎不能完全传达原意，读者知悉。

64 想跑过廊下，（就像）风吹动候诊室的
   告示。

廊下を走りたい風が待合室の掲示

65 窗里蒙蒙的雨中，对明天的不安。

窓に雨がけむる明日への不安

64 译者注：这一句可以理解为"我"想像风一样跑过走廊，也可以
理解为"我"想跑过走廊的愿望如此急切，就像风吹动候诊室的告
示一样。

就要遗忘的记忆，在看夏天的云时（想起
来了）。

就要遗忘的记忆，是看夏天的云时（做的
事或者看见的事物）。

忘れかけていた思いが夏雲を見る時

66 译者注：这一句，单按语法来看，只有半句，没有说完。逐字直
译，为"就要遗忘的记忆，看夏天的云时"，后面的内容，作者交
给了读者。译者以为似乎可以添上"想起来了"，即现在，我看着
夏天的云，想起了就要忘记的事；或者加上"做的事"，又或者"看
见的事物"，意即，我就要忘记的，是那年我看夏天的云时所做的事，
或者看见的事物。

67   这点路还是可以走的，（起身）将晨光
      放进屋来。

      少しなら歩けて朝の光を入れる

68   广播里通知熄灯，接下来的月才明亮。

      消灯の放送があってそれからの月が明るい

69 最先（告诉我）秋天到来的，是听诊器的冰冷。

秋が来たことをまず聴診器の冷たさ

70 没有星星的夜，拉开长窗帘。

没有星星的夜，拉上长窗帘。

星がない夜の長いカーテンをひく

71 想把星星抓在手里的孩子，举起的双手。

両手に星をつかみたい子のバンザイ

70 译者注：作者只说拉窗帘，并没有说是开还是关。今天是阴天，所以知道没有星星，但还是把窗帘拉开了；看着窗外，天上看不见星星，于是把窗帘拉上；又或者想看星星，于是把窗帘拉开，但是发现没有星星，于是又把窗帘拉上。一开一关，心境有些微妙的差异。

71 译者注：看见儿子举着双手，将其诗化为孩子想要把天上的星星抓在手里。

72 睡不着的每一天，翻枕头。

ねむれぬ日々の枕うらがえす

72 译者注：想必失眠过的人都有类似经历，躺在枕头上，枕头中间会凹陷下去，而且总躺在同一个地方，会感觉热起来，或者这里那里都不自在。于是把枕头翻个面，试着另找一个舒服的点，结果更加睡不着。

73 　电梯里的脸的其中一张脸。

　　エレベーターの顔の中のひとつの顔

74 　月，冰枕里的冰静静地碎裂。

　　月、静かに氷枕の氷がくずれる

73 译者注：这一句可以想到两种情况，一种是"我"站在电梯门外，这时电梯门打开，里面站了很多人，"我"看见其中的某一张脸；又或者，就像是一个电影镜头，正在升或降的电梯里，有很多人，"我"是其中一个。不论哪种情况，虽说不出有什么意味，但读起来总隐约有一种寂寞感。

75　醒来后，记不清的不安的梦。

さめて思い出せない不安な夢である

76　一会儿在后，一会儿在前，走着的影子
也是两个人的步子。

後になり先になり歩く影も二人の歩幅

75 译者注： 醒来后，梦里发生了什么已经不记得，唯有不安的感觉
留在心里。

76 译者注： 该句是指作者自己和学会走路的孩子，孩子忽而在前忽
而在后，看着地上的影子，也是两个人在迈着步子。

77　漏了气的汽水是我的人生。

気の抜けたサイダーが僕の人生

78　让白云玩耍，蓝天的心情很好。

白い雲遊ばせて青空機嫌良し

78译者注：第76句至78句，似乎是一组。和孩子外出散步，喝汽
水，看蓝天。

79 打开谢绝会客的门，冬天进来了。

面会謝絶の戸を開けて冬がやってくる

80 花蛤，合上没留神忘记合上的壳。

あさり、うっかり閉じ忘れた口をとじる

79 译者注：因为病情不稳，闭门不见客，所以门一直关着，房间里是温暖的。医生或者护士进来时，突然开门，尤其能感觉到风中的寒意，所以说冬天进来了。

80 译者注：花蛤买来后还是活的，需要放在盐水里面令其吐沙。人走近时，张开壳的花蛤都慌忙关上壳。但其中有几只身体还探在外面，似乎是没留神忘记合上了。伸手作弄一下，花蛤马上缩了回去。

81   孤零零的狗，正如狗那样摇尾巴。

淋しい犬の犬らしく尾を振る

82   窗里尽是病人在忍受着的冬日天空。

窓に病人ばかりがたえている冬空

81 译者注："らしい"，接在名词后面，表示其特征、气质实在名副其实，不是相像。这里的"犬らしく"，是指这只狗摇尾的动作，实在符合狗的特征。

82 译者注：日本太平洋沿岸这一侧，冬日一般晴天较多；濑户内海四周，降雨尤其少。冈山的冬天，天空想必多是清澈的蓝天。但因为云少，空气干燥，更觉得有一种金属般的寒意。

83　又被猎户座窥视着的冬夜。

またオリオンにのぞかれている冬夜

84　投下冬天的长影，走着。

冬の長い影をおとして歩く

83 译者注：冬季的夜空，晴朗时大气清澄，星光尤其明亮。猎户座
很容易就可以看见。因此在俳句里，猎户座是冬日的季语。这一句，
与第41句类似，都是看见月亮或者星星，反说是被它们窥视。说"又
被"，说明作者不止一次在夜里看到了猎户座。

84 译者注：冬天太阳变低，影子因此显得比其他季节长。"我"走着，
投下长长的影子。

85　在地上爬，也想要活着的结草虫。

地をはっても生きていたいみのむし

86　水洼里，冬日的天空在摇晃。

水たまりの冬空がゆれている

85 译者注：结草虫，即蓑蛾。作者自况。"蝼蚁尚且贪生，为人何不惜命"，悲夫。

86 译者注：风中，水洼里吹起波纹来，其中的倒影，也随之摇晃起来。显信自选的《未完成》总共 281 句，所写意象，譬如"昼月""月""星星"等，以冷峻的居多，这一句亦然。

87　粘着虫子的窗，就这样一直到了冬天。

虫がはりついたまま冬の窓となる

88　总是抬头就能看见的黑色电话机响了。

いつも見上げている黒い電話機が鳴る

87 译者注：可能是一只飞蛾，或者其他什么昆虫，早已死去，但尸骸一直趴在窗户上。

88 译者注：总是躺在病床上，所以电话机抬头就能看见。

89 "拜拜"是幼小的"我"的手心手背。

バイバイは幼いボクの掌の裏表

89 译者注：该句是显信在楼上，看见楼下儿子跟自己挥手道别时写下的。"我"的用法，与第40句同。手心手背，是说小孩子前后转动的手。显信的病房在五楼，彼此说话听不见，所以说"拜拜"是自己儿子摇动的手。

90   连死后也被掠夺，名为英灵的墓排列着。

死後さえもうばわれて英霊という墓がならぶ

90 译者注：英灵，美其名曰为国家牺牲，实则是白白失去了生命。现在，战争早已结束，有些人不反省战争，反而高呼"英灵"，仿佛战争还在继续，死者不能安息。而在战死者遗族看来，所谓"英灵"只是他们的孩子、丈夫，或者兄弟姐妹。战争中他们永远地失去了亲人，战争结束了，仍要顶着"英灵"的头衔，所以"连死后也被掠夺"。从佛教的观点来看，名相都是空，和平的当下，为何不能回归本来面目，还要有"英灵"这些无谓的执着呢？

91　陷入沉思的影子也在行走。

考えこんでいる影も歩く

92　牛奶还没有送到，下雨的早上无精打采。

牛乳が届かない雨の朝のけだるさ

91 译者注：此句与第 57 句"影子也吃着粗茶淡饭"类似。陷入沉思而走动的自然是"我"，而"我"是看到地上的影子，才觉察到陷入沉思的"我"。

92 译者注：日本早先也有每日送牛奶上门的服务，后来随着便利店渐渐遍布各个角落，加之有投毒使坏的风险，现在已经几乎没有了。

93 回忆的云变成了那张脸。

思い出の雲がその顔になる

94 "一人死亡"，冰冷的电子显示。

「一人死亡」というデジタルの冷たい表示

93 译者注：想着某个故人，天上的云渐渐变成了那个人的脸。

94 译者注：电子显示屏上，写着"一人死亡"。电子显示，看上去是机械的，事务性的，没有人情味儿。只写"一人死亡"，其他什么都没有，生命显得如此轻微。"我"死后，估计也是如此显示吧。

95   无所事事的手指在思考问题。

仕事のない指が考えごとをしている

96   迷失在窗里，不知往何处去的云。

窓にまよいこんで行先のない雲

97   夕阳下，弓着背的影子背着书包。

夕日の影が背を丸めたランドセル

98   黑衣一件，（身为）凡夫的我迈步走着。

黑衣一枚、凡夫である私が歩いている

98 译者注： 黑衣，是净土真宗僧侣法衣的一种。

99 在那里一拐弯，便将月亮置于背后径直
回家。

そこを曲れば月を背に帰るばかり

100 水的热汽中，一个个从脸开始冒出来。

湯気の中一つ一つ顔から出てくる

100 译者注：冬天进澡堂洗澡时的一句。

101　为我倒茶，我感动不已。

　　お茶をついでもらう私がいっぱいになる

试作账之后

102 床头柜上垒起的书的岁月。

床頭台につみかさねた本の歳月

103 贴在墙上的，新岁月的一页。

壁にとめられた新しい歳月の一枚

102 译者注：这里的床头柜，特指病房病床前放置的柜子。

103 译者注：新岁月，指新年。一页，指日历。日本年末有公司或者商店送人自家日历的习惯，上面绘有人物和风景画。

104 月是蓝色的，走过笔直的道路。

月が青いまっすぐな道をゆく

105 测量脉搏的手冰冷，想着明天。

脈をはかる手が冷たい明日を思う

104 译者注：白月微微发着蓝色的光，"我"沿着笔直的道路走过。

106 无限延伸着的影子也很寂寞。

どこまでものびている影も淋しい

107 分针追赶时针，现在在手术室的门前。

長針が短針をおいかけて今手術室の前

106 译者注：可参照第 84 句一起看。冬天的影子显得格外长，近处能看见黑影，往远处越来越淡，光影的变化，仿佛无限延伸。这一句纯是黑白的印象，没有一丝色彩感。

107 译者注：等在手术室门前，看着分针追赶时针的紧张感。

108 拉个窗帘我还行，（即便）生着病。

カーテンぐらいは自分でと病んでいる

109 疼痛止住的片刻，有淡淡的昼月。

痛みのないひとときうすい昼月がある

108 译者注：作者对自己的叮嘱。

109 译者注：化疗的确可以杀死癌细胞，但同时也会杀死其他正常的细胞。接受化疗的人，免疫力极度下降，须时时忍受高热、呕吐、全身疼痛、腹泻等等症状。"疼痛止住的片刻"，终于可以稍微缓口气，看到了窗外天边的淡月。

110 发出 SOS，夜风里的摩尔斯电码。

SOS を出している夜風のモールス信号

111 深夜，静静呼吸着的点滴。

深夜、静かに呼吸している点滴がある

111 译者注：看着输液管里药水一滴接一滴，顶上的吊瓶里慢慢冒出气泡，仿佛是在呼吸一般。

112　来探病的客人话里，也有"又到寒冬了"。

　　見舞客の言葉にもまた寒い冬がはじまる

113　从早上就一直在等待，云变成那张脸。

　　朝から待っている雲がその顔になる

112 译者注：来探病的客人，想必见面都会说"今天真冷啊，又到冬天了"。

113 译者注：此句据池畑老师回忆，是显信等待友人来访时所写。

114 　冬天的定式，窗里放置着猎户座。

冬の定石窓にオリオンが置かれた

115 　站起来便踉跄的星空。

立ちあがればよろめく星空

114 译者注："定石"，中文作"定式"，是指下围棋时，在布局阶段双方在角部争夺中的一些基本走法。引申为一般规律，准则，事情的固定做法。冬季的夜空，晴朗时大气清澄，星光尤其明亮。猎户座很容易就可以看见，因此，在俳句的世界里，猎户座是冬天的季语。说起猎户座，就自然指的是冬天。所以，说猎户座是冬天的定式，既可以是定式的引申义，即冬天的猎户座尤其明亮；自然也可以是本意，比喻窗里夜空如棋盘，星星为棋子，放在了棋盘上。

115 译者注：踉跄的自然不是星空，而是生病的自己。

116 获准外出，朝着靠不住的昼月走去。

許された外出たよりない昼月へ歩む

117 被丢弃的人偶露出的发条。

捨てられた人形がみせたからくり

116 译者注：天上的昼月，缥缈一片；"我"朝着这缥缈的月亮走去。
月亮看上去"靠不住"，自己的未来不也是如此吗？

117 译者注：或许是路边，或许是公园，有一个人偶被人丢在了那
里。人偶已经坏掉，连发条都被摔了出来。这句是写实，还是作者
自况呢？

118 弓起身子睡觉，把明天的梦包起来。

背中丸めてねむる明日の夢つつんでおく

119 给生病后渐至寥寥的友人写贺年片。

病んで少なくなった友へ賀状を書く

118 译者注：弓起身子睡觉，屈膝入怀，如此将明天的梦"包"起来。

119 译者注：日本风俗，每年年尾，给亲人好友寄送贺年片，元月
一日早上，邮局会准时将贺年片送到每一家的邮箱里。

120 将桌上日记崭新的一年放在枕边。

卓上日記の真新しい一年を枕元に置く

121 紧握着机器人（玩具），梦中的笑脸。

ロボット握りしめて夢の中の笑顔

120 译者注："卓上日記"，即桌上日记，一日一页，类似于小型台历，放在桌上。可用作笔记本、备忘录，或拟每日计划等。

121 译者注：这一句是作者描写睡着的儿子。

122 　年末了，请人帮我洗双脚。

　　年の瀬の足二本洗ってもらう

123 　与枕边的药一起，再次迎接新年。

　　枕元の薬とまた年をむかえる

122 译者注："もらう"是日语授受动词的一个，表示请人帮自己
做事，隐含有感谢的意思。

123 译者注：可参照第 31 句一起看。

124 电视机给我拜年了。

新年をテレビに挨拶されている

125 静静地活在今天，冬日雨天的选曲。

今日を静かに生きて冬の雨の日の選曲

124 译者注：日本明治后，只过元旦，不过除夕。每年 12 月 31 日，即日本的所谓"大晦日"，一年的最后一天。这一天晚上零点之前，电视里一般会播放人们去神社参拜的情景，然后进入倒计时，在进入新年的那一刻，主持人会出来恭祝全国人民新年快乐。这一句特意写电视机给自己拜年，应该是此时周围没有别人。

125 译者注：冬日的雨天，一个人安安静静，想找音乐来听。听什么呢？肖邦？还是爵士？或者蓝调？

126 耳朵病了，无声的蓝天无边无际。
耳を病んで音のない青空続く

127 晨光照射下，手术同意书上印章的红色。
朝日さし手術承諾書の印の朱色

126 译者注：因为药物副作用，显信曾一度失聪。冬日的蓝天，显得格外高远，无边无际。但此刻的我，听不见任何声音。

127 译者注：这里的手术，应该是指骨髓穿刺检查。骨髓穿刺，是白血病诊断的手段之一，需将针刺入患者的胸骨和腰骨，极为痛苦。红色，是印泥的颜色，也是血的颜色。显信的心情，全表现在这红色上。

128 早上排队，测量着消瘦的身体。
    並んでやせた朝の身体測っている

129 听到叫我的名字，推开检查室重重的门。
    名を呼ばれて検査室、重い扉を開ける

128 译者注：连着 129 句看，此句似乎是手术前体检。测体重的人排着队，"我"也排在了队列后面。

129 译者注：这一句应该是 X 光检查，门本来就重，推开门的"我"，本来虚弱无力，心情也沉重，所以感觉门尤其重。

130 枕边放着纸条，写着"有手术"。

手術があるという枕元に紙札が置かれた

131 因为钟表的针急着走，来到了手术室前。

時計の針が急ぐので手術室の前に来ていた

130 译者注：写着"有手术"的纸条，应该是医院给出的手术通知，放在患者的病床上，提醒患者各种注意事项。

131 译者注：请参照第 107 句。这句按常理说应该是手术时间就要到了，所以来到了手术室门前；作者却故意说是因为指针急着前进，自己才来到了手术室门前。

132 麻醉药还在起效，窗里的昼月。

まだ麻酔のきいている窓の昼月

133 我的矩形夜空里，星星也渐渐多起来。

四角い僕の夜空にも星が満ちてくる

132 译者注：此句与第 109 句类似。药物和化疗的副作用，令显信
无时不全身疼痛，全靠麻醉药维持。麻醉药仍在起效，说明身体没
有觉得很痛；因此能稍微平静下来，看到窗里的昼月。《未完成》
句集，总共 281 句，是显信从自己的作品中精选出来的。第 109 句
和本句，显信都保留了，可堪玩味。

133 译者注：诗人总在住院，看得到的夜空永远都只是窗里的天空，
所以是矩形的。

134 随着"铃儿响叮当"欢快的节奏，暮色
渐深的街。

ジングルベル早いリズムで暮れてゆく街

135 发烧，让月亮扭曲了。

月をゆがめている熱がある

135 译者注：发烧，乃至看到的月亮都扭曲了。

136　有残月做病床的朋友。

病床の友として欠けた月がある

137　原来他们说的"鬼"是我啊，被扔豆子。

鬼とは私のことか豆がまかれる

136 译者注：拿月亮做朋友的肯定是"我"，但这里却写病床，似乎"我"不存在一样。

137 译者注：立春的前一天在日本被称为节分，是日本传统节日之一，这一天要举行仪式以防鬼驱邪。一般来说，这一天，由父亲戴着表示鬼的面具扮成鬼，孩子们抓起炒熟的豆子，嘴里念"鬼在外，福在内"，砸向父亲扮成的"鬼"，直到将"鬼"赶到屋外。该习俗源自我国的追傩。按常理说，谁也不会对一个病人撒豆子，所以这一句应该是作者喃喃自语，感慨自己将不久于人世。

138 想着到了春天便如何如何的心里，早开的
   樱花。

春にはと思う心に早い桜

139 轮椅上，矮下来的视线发现了春天。

車椅子の低い視線が春を見つけた

138 译者注：日语中有个词叫"年中行事"，意为一年里不同时节的
各种节日活动。其中，"花见"，即赏花，是春季很重要的一个活动。
樱花盛开的时候，日本人都会出门去，跟家人朋友聚在樱花树下，
喝酒聊天。

139 译者注：正常走路的人迈着步子，不大容易注意到路边的事物。
现在坐在轮椅上的"我"，视线变低，发现了野草抽出的新芽，或
者开出的小花。

140　摸一摸晒晒太阳应该就能走的脚。

陽にあたれば歩けそうな脚なでてみる

141　映在窗里的脸，没有春天的气息。

窓に映る顔が春になれない

142 吸进单薄的胸里，冷冷的 X 光。

うすい胸に吸いこんだ冷たいレントゲンだ

143 拥抱 X 光里的早春寒意。

レントゲンの早春の冷たさを抱く

142 译者注：拍片检查身体时，都要深呼吸一次。天气还很冷，深吸一口寒气入肺，这时 X 光穿透了"我"的身体。

143 译者注：拍片检查时，前胸需要贴在金属制的仪器上。仪器的冷感，也是早春的寒意。

144 寂寞的心，被 X 光窥视了。

レントゲンに淋しい胸のうちのぞかれた

145 凋谢在点滴瓶里，我的樱花。

点滴びんに散ってしまった私の桜

145 译者注：这一句连着第 138 句，"我"本来是很想去看樱花的，但是现在去不了。该句按中文，似乎应该调整语序为"我的樱花凋谢在了点滴瓶里"，但是原句将"我的樱花"放在句末，意在求其中叹惋的余韵。因此翻译时，中文也按照原句语序。这句应该是说，春天来了樱花开了，大家都去看花了；但是我生病住院，不能外出，所以樱花凋谢在了点滴瓶里。这一句，仿佛是作者躺在病床上，默默看着点滴瓶，想象中外面樱花开放的景象，都在点滴瓶中映了出来。

146 自杀念头，熊熊燃烧的火。
自殺願望、メラメラと燃える火がある

147 青春，就是这样寂寞的春天吗？
若さとはこんな淋しい春なのか

147 译者注：二十几岁的大好年华，却患上不治之症。这是显信心
底的呐喊。

148 **在太阳下，放上单薄的影子。**

陽にあてたうすい影を置く

149 **俯视夜的双眼，山丘上的窗。**

夜を見おろす目がふたつ丘の窓

149 译者注： 医院在山丘上，"我"在五楼的病房里，透过窗户，向下看着。而原句的写法，视角是反的，变成了夜里从远处看到医院病房里有两只眼睛在往下看。

150　用睁开便看见讨厌东西的眼来闭上（眼）。

開ければいやなもの見る目で閉じる

151　下雨便冷，人们说雨后春天就来了。

降れば冷たい春が来るという雨

150 译者注：按常理来说，应该是"闭上睁开就看见讨厌东西的眼"，显信却说"用睁开看的眼来闭上眼"，这句的写法也颇堪玩味。

152 电话里，已经是会说"拜拜"的孩子了。
電話口に来てバイバイが言える子になった

153 心电图，有一颗在发出寂寞的声音的心。
心電図淋しい音立てている胸がある

152 译者注：病房里的显信跟家人，推想应该是他的母亲讲完电话，将电话递给显信的儿子春树，春树说了一句"拜拜"。寂寞的病房，无尽的痛苦，儿子的健康成长，给显信带来的慰藉可想而知。

154 寒冷的早晨，全是行人的背影。

冷たい朝をゆく人の背ばかり

155 打开门后，呼唤声里的亲切感。

戸を開けてから呼ぶ声の親しさ

¹⁵⁶ 细谈间，星星变得清晰起来。

話しこんでいる間に星がはっきりしてきた

¹⁵⁷ 请人剃头，温暖的阳光。

頭剃ってもらうあたたかな陽がある

157译者注：给我剃头的时候，明媚的阳光照进屋里来，感觉暖洋洋的。

158　幸福，浸在满溢的热水里。

　　幸せ、満ちあふれる湯の中につかる

159　水的一滴一滴都是笑着的脸。

　　水滴のひとつひとつが笑っている顔だ

158 译者注：这里是指泡澡。日本人几乎每天都要泡澡，生病的显信却不能如此。难得医生允许，才能泡一回热水澡。对于常人来说不过是再平常不过的事，对于显信，却让他觉得非常幸福，其欣喜之情，溢于言表。

159 译者注：这一句由显信的朋友们共同出资勒石成碑，立在冈山市旭川河畔。

160 映着笑脸的热水流走。

笑顔うかべたお湯が流れる

161 信号灯闪烁着，夜的脉搏在跳动。

信号が点滅する夜が脈うっている

160 译者注：第158句、159句、160句，这三句应作一组看。终于泡了一回热水澡，觉得很幸福。捧起热水倒下，看见每一滴水里似乎都有笑着的脸。洗完澡，心满意足，将水放掉时，看见水里自己的笑脸。

162 春风里沉重的门。

春風の重い扉だ

163 从早上开始便被点滴弄得低着头。

朝から点滴にうつむかされている

162 译者注：这句若直译，应为"春风的沉重的门"。"我"身体日渐虚弱，推门都觉得吃力；但是门外春天已经来了。门虽沉重，但是同时也是春风里的门，门因此有了春天的性质。短短一句里，包含了希望和绝望。借用井上三喜夫的话，这里可以同时看出一个二十五岁、濒死的年轻人的悲伤和温柔。

164　昏暗病房里，一个人的雨声。

うすぐらい独りの病室の雨音となる

165　看着窗里一下就是一整天的雨。

降れば一日雨を見ている窓がある

166 低着头走路，街上没有影子。

うつむいて歩く街に影がない

167 什么都做不成的身体，不孝的儿子。

何もできない身体で親不孝している

166 译者注：没有影子，则说明天空阴沉。《未完成》281 句里，显信多次描写自己的影子，似乎都是要从影子上确认自己的存在。这里写没有影子，几近于说没有希望。

168 抬头一看，原来有如此广阔的天空。
見上げればこんなに広い空がある

169 为一点点的阳光而来，人也是，麻雀也是。
わずかばかりの陽に来て人もスズメも

170　贫困生活的雨敲打着镀锌板。

貧乏ぐらしの雨がトタンたたいている

171　获准洗个淋浴，早上的彩虹。

許されたシャワーが朝の虹となる

170 译者注：这一句应该是雨中外出所见。用镀锌板做屋顶，可以
想象这户人家的生活状况。雨打在镀锌板上，那声音是贫穷的声音。

172 一副瘦削的身体，仔细地擦拭。

やせた身体ひとつたんねんにふいてやる

173 父与子，看着寂寞的星星。

父と子であり淋しい星を見ている

172 译者注：这一句连着上一句，洗完澡之后擦干身体。这一句颇
能看出显信对待自己生命的态度：即便病重的自己，身体已经瘦削
如斯，但我还是要把它仔细擦干。

174 隔远看见白衬衫就能认出是妳。

遠くから貴女とわかる白いブラウス

175 生病的耳朵里，被告知了朋友的死。

病んでいる耳に友の死を告げられた

174 译者注：贵女，女性第二人称。

176 生病的脚下，蚂蚁开始劳动了。

病んでいる足もと蟻が働きだした

177 似乎爬上这个坡夏天就会来。

この坂を登れば夏が来そうな

178   会叫"妈妈"但是没有母亲的孩子啊。

かあちゃんが言えて母のない子よ

179   一步又一步，走在前面的总是影子。

歩いても歩いても前を行くのが影

178 译者注：显信的儿子春树自会说话便称呼自己的祖母为"妈妈"，直到小学三年级一直以为祖母便是自己的母亲。

179 译者注：走在成排的街灯下，确实会有影子总在前面的情形；但一步又一步，无论怎么走，走在前面的总是影子，也可能是说明"我"是背着光在走，在走向黑暗。这句是写实还是有其深意呢？

180 喝醉的月亮出来了。

酔った月が出ている

181 蚱蜢高高地跃过了初夏。

初夏を大きくバッタがとんだ

180 译者注：月亮是不会喝酒的，喝醉的肯定是人。醉眼蒙眬中，看见月亮仿佛也喝醉了酒一般。

182 遮阳伞下的淡影，我恋爱了。

日傘の影うすく恋をしている

183 登上山顶，跟在夏天空中的云朵后面。

登りつめた空の夏雲に続く

184 盛夏的山被采掘了。

真夏の山がけずりとられた

185 话不投机，手插在口袋里。

話のそれたポケットに手がある

185 译者注：手插在口袋里，真心话没有说。这句与 223 句可对照来看。

186 洗着不能给儿子看的脸。

子には見せられない顔洗っている

187 没有表情的天空下，支起来的黑花圈。

無表情な空に組み立てられた黒い花輪だ

187 译者注：参考188句，可知这一句是作者去参加葬礼时，在灵堂外看见的景象。暗沉的天空"没有表情"，"我"看见灵堂门口支起了一个个挂着黑纱的花圈。

188　脚步奔迅的夜，在参加葬礼的人脸上暗沉
下去。

足早な夜が葬式の顔に深まる

189　夜里很晚才回家，伞被折叠起来。

夜遅く帰って来た傘がたたまれる

188 译者注：这一句连着 187 句看，葬礼这天天气暗沉，夜色来得
很快，参加葬礼的人，脸也迅速笼罩在夜色里。

190 一个人也没有，靠近墙坐下。

誰もいない壁に近く坐る

191 咳嗽，响彻紧握的夜。

握りしめた夜に咳こむ

191 译者注：这一句若是完全直译，则是：咳入紧握的夜。这一句与前一句，似乎是将尾崎放哉的名句"咳嗽时也只一人"拆作了两句，也像是在为尾崎放哉这一句作注。人在咳嗽时，一般都会握拳置于口前。这一句似乎可以理解为夜里握紧手心咳嗽，咳得很厉害。但是就显信的原文看，"紧紧握住"后面接着"夜"，意即"紧紧握住的夜"，或是说握拳是将夜紧紧握住，然后自己的咳嗽声响彻其间，更有一种咳声被夜吸收掉的寂寞感。

192 与再次相见的你，（看）月细如斯。

再び会う君とこんなにも月が細い

193 梅雨冷冷的，躺在担架床上。

梅雨が冷たいストレッチャーに横たわる

193 译者注：担架床，是连轮椅都不能坐的病人才会用到，可以推想此时显信的状况。

194　生病变低的视线里，燕子飞过。

病む視線低くつばめが飛ぶ

195　与寂寞相对，拿起今天的筷子。

淋しさと向かいあう今日の箸とる

194译者注：视线变低，第139句写在轮椅上，也有这样的表述。第139句作者发现的春天，是这里的这只燕子吗？这一句如果与第193句连在一起看的话，可能是躺在担架床上，病情更加恶化。这时，在变低的视线里，有一只燕子飞过去了。燕子是春天的象征，春天来了，生命已经从严冬中再度苏醒。这只燕子，是作者的希望吗？还是绝望？

196 短影与影在争论。

短い影の影といさかう

197 亮堂堂地点着一个人的灯。

一人の灯をあかあかと点けている

196译者注：地上两个影子在争论，其中一个影子要比另一个短一些；
实际是两个人在争论。

198 耳朵发病

听不见，别人告诉我鸟儿在叫。

耳に発病

聞こえない鳥が鳴いているという

199 天花板，无声的夜深了。

天井の音を失くした夜が深まる

200 等得不耐烦的伞立着。

待ちくたびれた傘が立っている

201 输液瓶重重低垂，开始吃今天的饭。

点滴重くたれさがっている今日の食事にする

202　邮筒张着嘴，雨中的道路。

　　ポストが口あけている雨の往来

203　寂寞使雨后的秋千嘎吱作响。

　　淋しさきしませて雨あがりのブランコ

204 被冰枕支撑着，天花板。

冰枕に支えられている天井がある

205 透过胸中抽出的血，看多云的天空无边
无际。

胸からの血をすかしてみる曇り空続く

206 深夜，细针在寻找血管。

深夜の細い針が血管を探している

207 一人一窗共一月的寂寞。

ひとりにひとつ窓をもち月のある淋しさ

207 译者注：一间病房一扇窗，窗内的病人共享空中的这轮月亮。

208　无力抱起孩子，坐着的我和他一样高。

抱きあげてやれない子の高さに坐る

209　早晨，被百叶窗的影子束缚住了。

朝はブラインドの影にしばられていた

208 译者注：这一句若直译，应为：坐在无力抱起的孩子的高度。病重的"我"日渐瘦削，坐下时和一两岁的孩子一样高。想伸手抱儿子，却抱不起来。

210　逃向窗边，早上换床单。
　　窓へ逃げてゆく朝のシーツ交換

211　像风一样轻，爬到体重计上。
　　風のような軽さで体重計にあがる

210 译者注：早上换床单的时候，我站到了窗边。用"逃"字，有一丝幽默感。

211 译者注：这句似乎也是作者自嘲——自己已经瘦得跟风一样轻了。

212 天不知不觉就黑了，目送背影。

いつとはなく暮れている背を見送る

213 将头托管给秋风，帮我剃发。

秋風に頭あずけて剃ってもらう

212 译者注：聊着天，不知不觉天就黑了；"我"跟客人告别，目送暮色里渐渐远去的背影。

213 译者注：上面译文是完全直译，实际场景，应该是某一天，别人帮"我"剃头。正值秋高气爽的季节，风吹得人很舒服，心情舒畅，所以说"将头托管给秋风"。这一句，富于幽默感，可以体会到濒死的显信对待生命的态度。

214 烟花绽放到最大，在路上找到了我的影子。

花火開ききった道に我が影をみつける

215 从一群影子里离开。

ひとかたまりの影をはなれる

214译者注： 日本各地夏末秋初有放烟花的习俗，此句是说烟花在空中绽开，开到最大时，照亮夜空，走在路上的"我"，在路上看到了自己的影子。

215译者注： 这一句连着上一句，烟花绽放的时候我借着亮光找到了自己的影子，然后看见自己的影子从一群影子里离开。照理说看烟花的时候，周围都是热热闹闹的，但是这两句读起来，似乎一点声音都没有。

216 从浴缸里起来，从听不见的耳朵开始擦。

湯上りの聞こえぬ耳からふいてやる

217 闷热的房里，蚂蚁杀死了又爬出来。

むし暑い部屋の殺しても蟻は出てくる

218　病人身处的昏暗，雨开始下。

病人のいる暗さ降りはじめた

219　寂寞的手，抚摸着脸。

顔さすっている淋しい手がある

220 被孩子说"聋子"了吗?

子につんぼと言われていたのか

221 积水里是蹲着的父亲和孩子的脸。

水溜りにうずくまり父と子の顔である

222 路向着低烧倾斜。

道が少しある熱にかたむく

223 口袋里除了我的手什么都没有。

何もないポケットに手がある

---

222 译者注："我"发着低烧，看见地上的路好像倾斜了。

224 指甲从寂寞的手指上长长了。

淋しい指から爪がのびてきた

225 出门到太阳下，去医院的路扭曲了。

陽に出て病院までの道がゆがむ

226 面部神经麻痹

让镜子里麻痹的脸笑出来。

顔面神経麻痺

鏡にマヒした顔笑わせている

与完全没用的药一起吞下去。

即使明知是完全没用的药，也吞下去。

どうしようもない薬とのみこむ

227 译者注："と"在日语里有多种用法，这里似乎可以有两种意思。
一是表示并列，即和、与。那么就应该翻译成"与完全没用的药一
起吞下去"，和什么呢？作者没说，眼泪？悲伤？希望？全凭读者
自己感受。二是表示即使如何如何，也要如何的意思，即"どうし
ようもない薬と（わかるけど）、のみこむ"的一个省略用法。故此处
就应该翻译成"即使明知是完全没用的药，也吞下去"。明知这个
药对自己的病一点用也没有，但还是遵医嘱服用。仿佛已经放弃抵
抗，也不作他想，完全接受命运的安排，静静地等待死亡。

228 发出一个人的寂寞物音。

一人の淋しい物音立てている

229 用烟头压碎，话的边边角角。

煙草のさきで押しつぶした言葉のはしばし

228 译者注：物音，翻译成声响，并不确切，汉语中没有完全与之对应的词，因此用原词。物音，是指人听到后，觉得不是因风，或者水浪发出的自然声响，而是因人或者动物或者其他什么东西而产生的声响。

230 抛出的话题有了结论，纸烟燃成了灰。

切り出された話の結論煙草が灰になる

231 月亮沿着风的道路笔直地升起来。

風の道をまっすぐに月が登る

232　薄翅的蜻蜓，在病中度过了夏天。

とんぼ、薄い羽の夏を病んでいる

233　和寡言的妻子在一起，神经质的夏天热
　　起来。

無口な妻といて神経質な夏暑くなる

234 流食的汤匙，放在冰冷的枕边。

重湯のさじ冷たい枕元に置かれる

235 下雨便阴冷，与电话机说话。

降れば冷たい電話機と話している

235 译者注：显信住院期间，经常通过电话跟句友探讨俳句。

236　背负着重重的云，无处可去。

重い雲しょって行く所がない

237　戴上助听器，早上的鸟儿便叫了起来。

補聴器をつけると朝の鳥なき出した

238 雨中嘎吱作响的门里也是一个人的病房。

雨がきしませる戸もひとりだけの病室

239 拍落至深夜之底的蚊子叫着。

深い夜の底に落とした蚊がなく

238 译者注：这一句里似乎也有尾崎放哉的影子。

240 　一丝雨线划过，使心安宁。

ひとすじに流れた雨の心落ちつかせる

241 　切断纠缠在助听器上蚊子的声音。

補聴器にまつわる蚊の音を断つ

240 译者注：看见窗户玻璃上一丝雨线，心里觉得很安宁。

242 做了手冒着汗的梦。

手が汗ばんでいる夢をみていた

243 笔直地向着春天，雪渐渐融化的路。

春へまっすぐ雪溶けてゆく道

242 译者注：这一句断句不同，意思或许也可以是"做梦了，（醒来发现）手冒着汗"。不过，两种情形似乎都不是好梦。

244 雨云，无可奈何的心思开始滴下。

雨雲、やりきれない思いが雫しだした

245 有意无意，孩子学爸爸咬指甲。

ふと父の真似を子が爪をかむ

246 擦窗户，能看见早上冰冷的街市。
窓ふく朝の冷たい街が見える

247 石山被采掘了，马上就是秋天。
石山切り取られた秋がもうすぐ

248 从病房里出来，秋天的山在呼吸着。

病室を出て秋の山呼吸している

249 将被制成冰冷墓碑的石头，摆放在蓝天下。

青空に並んで冷たい墓となる石

249 译者注：这一句连着第 247 句，石山里采掘出来的石头，将被做成墓碑。冈山市北区万成出产一种花岗岩，名为"万成石"，是优质的石材。冈山旭川边立的显信俳句碑，就是用的这种石头。

250   摸一摸早上窗里冰冷的月亮。

窓の冷たい朝月にふれてみる

251   暖一暖从人群中出来的手。

人ごみを抜けて来た手をあたためる

252　秋天，从深山里下来了。

秋深い山からおりて来た

253　月光，蓝色的咳嗽。

月明り、青い咳する

254　秋天被寂寞的蚊子吃掉了。

　　秋は淋しい蚊にくわれていた

255　月光，寒冷的影子在唱歌。

　　月明り寒い影が唄っている

256 朝月还在天上，思考着昨天的事。

朝月残る昨日（きのう）のこと考えている

257 寒冷的蓝天无边无际。

どこまでも寒い青空が続く

258 夕阳下，寻找我看不清容颜的孩子。

夕焼けに顔のないわが子をさがす

259 月亮即将落到桌子上的长夜。

机に月が落ちかけている長い夜だ

259 译者注：月亮在窗外，桌子在屋内，月亮就要落下了。因为是越过桌子，看见窗外的月亮，所以说"月亮即将落到桌子上"。

260　无可奈何的心情，将水果刀摁到苹果上。

やりきれない気持ちのリンゴにナイフが置かれる

261　雨音，深深落入夜的池中。

雨音、夜の池深く落ちる

262 隔扇上的影子，一个人咳嗽。

　　障子の影が一人の咳する

263 冬天的山上，火化人的烟囱。

　　人焼く煙突を見せて冬山

---

264 寒夜里，哗啦剥落的墙纸。

冷たい夜のペロリとうげた壁である

265 东本愿寺

柄勺上月光冷冷的，漱口。

東本願寺

柄杓の月冷たく口をゆすぐ

265 译者注：东本愿寺，位于日本京都，是净土真宗大谷派的总寺院。
柄勺，是指日本神社或者寺院门口，放在水池边供香客净手漱口的
长柄勺子。这一句应该是作者去世前一年，与家人一起去京都旅行
时所作。月光是冷的，水舍在嘴里也是冷的。

266 体重计，清冷的早上排着队。

体重計冷たい朝を並んでいる

267 获准入浴，弹起肥皂泡。

許されて入浴のシャボンをはじく

266 译者注：此句可与第 128 句一起看。

268　走廊里人跑过去，风嗖嗖作响。

　　風ひたひたと走り去る人の廊下

269　筷子的前端发沉，似乎转眼就要落下的雨。

　　箸さき重く今にも降りそうな雨

268 译者注：原文完全直译，则是"风嗖嗖作响，跑过去人的走廊"。
走廊里有人跑过去了，作者听到的脚步声和风声是混在一起的。总
之，有一种不祥的感觉。

269 译者注：筷子前端发沉，是人的状态；窗外阴云密布，似乎转
眼就要落下雨来。

270 月亮扔下冰冷的声响。

月が冷たい音落とした

271 挥一挥被熄灯广播催撵的小手。

消灯の放送に追い立てられた幼い手をふる

271 译者注：医院要熄灯了，所以儿子也要回家了。他挥一挥他的
小手，跟"我"告别。

272 幼子偎依着我，肩上打湿了。

幼く寄り添って肩が濡れている

273 贴着月亮的窗被关上了。

月をはりつけて閉ざされた窓がある

272 译者注：此句译者曾问住宅春树先生，他说应该是雨打湿了肩。

274 水声，冬天已经来了。

水音、冬が来ている

275 看看我家久违的月亮，进门。

久しぶりの我が家の月を見て入る

276 浑身湿透的，小狗。

ずぶぬれて犬ころ

277 念佛，呼出白色的气息。

念仏の白い息している

278　迎接严严实实封闭起来的冬天。

かたくなに閉ざした冬をむかえる

279　回头一看，月下我的影子。

ふりかえれば月のある我が影

278 译者注：所谓"春生夏长秋收冬藏"，冬天一到，不论动物植物，似乎都伏藏起来。人为了保暖，窗户门都要关上，也要多穿衣服御寒，所以说冬天是严严实实封闭起来的。

280 银杏叶贴满地面，将时光不断埋葬的雨。
いちょうの葉ベタベタと時をうずめてゆく雨

281 夜冷清，有人笑了起来。
夜が淋しくて誰かが笑いはじめた

参考文献

1. 住宅显信句集《未完成》，初版 . 东京：春阳堂，2003 年
2 月 7 日。

2. 住宅显信句集《未完成》. 东京：弥生书房，1988 年 2 月 7 日。

3. 池畑秀一监修《夜冷清，有人笑了起来——住宅显信全俳
句集全实像》，初版 . 东京：小学馆，2003 年 3 月 1 日。

4. 中冈尚美、黑濑纮子译 .《英文版 住宅显信句集 < 未完成 >》
（Unfinished）. 冈山：广阳本社，2003 年 9 月 30 日。

5.《住宅显信读本 青春，就是这样寂寞的春天吗》. 东京：
中央公论新社，2002 年 5 月 25 日。

住宅显信解说

我与住宅显信相识，是在昭和六十一年（1986 年）8 月。当时，我刚刚订阅了自由律俳句杂志《层云》。他给我打来的电话，是我们交流的开始。《层云》是明治四十四年（1911年）由荻原井泉水创刊，尾崎放哉和种田山头火都曾发表过作品的老牌自由律俳句杂志。

电话里住宅显信声音清澄，他告诉我他是净土真宗的僧侣，并说"我在冈山市民医院住院，请您一定来玩"。因为正好也是暑假期间，所以我第二天就去病房见了他。他剃着和尚头，眼神锐利，身旁一直挂着输液瓶。

我记得当时他说："我这病虽然一时半会儿死不了，但也永远治不好。我已经不能再工作了。因此在家里人的支持下，专心创作俳句。"显信的病房是特殊病房，放置有沙发，他本人看上去似乎也并非患了不得了的重症，所以我跟他聊了很长时间。由此知道他曾在市役所做过清扫工作，结婚后又离了婚，而且幼子归他抚养诸事。我对自由律俳句所知不多，所以显信的谈论对我来说新鲜、有魅力。

此后，我大约每两周都去他的病房一次。一般来说，若是关系要好的朋友，随时见面都可以；但是我跟他的关系并非如此，我是作为自由律俳句的初学者，向显信请教，就像是俳句的一对一辅导。我一般用两个周的时间，用心读完显信推荐给我的书和句集，一定程度上有自己的见解后，再去他的病房探望。

当时我三十五岁，显信二十五岁，照理说年龄相差达十岁的话，应该免不了会话不投机，但在俳句以及人物的评论上，我几乎没有觉得他说的话有什么不妥的地方。他对年长的我很有礼貌，唯评说俳句时，态度严厉。说话稍有含糊懈怠，他便会立即严词追问。我觉得他是一个很聪明的人。

入《层云》门下以来，显信创作俳句的经历虽只有两年，但他的用功程度远超众人，进步极快，已经有了自己作为俳人的风格。他认真地研究了整个自由律俳句，其中尤其深入钻研了尾崎放哉的作品。他最开始看的那本《尾崎放哉全集》（弥生书房）被他翻阅得几乎残破，于是他又新买了一本。

这第二本，现在翻开看，上面显信的批注十分惊人。他以自己的理解，详细分析了放哉的俳句。被他翻得残破的第一本放进棺材中烧掉了，而第二本《尾崎放哉全集》如今在不同的作家间传阅。当然，显信阅读的并不只是放哉的作品，对于山头火、海藤抱壶、井泉水、中塚一碧楼他也用功颇深。他在引用前人的俳句为例时，都是直接背诵出来的。

在这里，我想简略记述那些支持了显信的俳句生活、富于个性的句友们。每次听显信开心地说起这些人，我都觉得很愉快。正是因为有这些人支持的良好环境，显信才得以埋头于俳句之中。当然，显信的父母、在市民医院做护士的妹妹、长男春树的存在也自不必说。

首先是当时在层云社事务室任职的池田实吉，显信奉他为师。池田先生生于大正九年（1920 年），在京都以缝纫女装为职。池田先生待人特别亲切周到，多次去病房探望显信，鼓励他。显信写好俳句后寄给他，每次他都附上自己诚恳的评论后寄回；显信对他的评论十分信任。他们之间往来的信件和明信片数量多得惊人。显信去世后，池田先生亦旋即病倒，如今已成故人。池田先生若尚在，看到如今人们对显信的评价，我想也会为此欣喜。

德岛市的藤本一幸，是当时在《层云》被寄予期望的人物。

藤本发行了自由律俳句杂志《海市》，不仅创作，也做研究，努力将荻原井泉水等淹没在《层云》漫长历史中的俳人们重新介绍给世人。其热情之高，非等闲可比。显信也参与了《海市》的创作，他敬重年长他十岁的一幸，多次与他通过电话和书信探讨俳句。

10月中旬，一幸来病房探望显信，我当时也在。显信跟一幸说话时字斟句酌，非常紧张，令我印象深刻。我感觉，显信敬重一幸的同时，也把他看作竞争对手。如果显信能活得更长一些，说不定他们所追求的俳句的方向性差异，会引发彼此的冲突。

显信投稿到《海市》的俳句，很多一幸都修改过。例如：

无力抱起孩子，坐着的我和他一样高。

（显信原作，收录于《未完成》）

一幸改作：

想抱起来，若坐下便一样高的父亲。

（刊登于《海市》）

一幸认为，这样写更具价值。在病房里，显信拿着一幸写有如是意思的信，罕见地大发雷霆。对此，我至今仍记忆犹新。但是，两人的意见并非总合不来。

蚱蜢高高地跃过了初夏。

这一句，显信的初稿是"蚱蜢高高地跃过了春天"，后来他采纳了一幸的意见，将春天改成了初夏。如此，显信将自己的句作寄给多位句友，请他们批评。很多人都诚心对待，并给予了许多意见。有时，他会采纳这些意见，修改自己的句作；但是最终该怎么定稿，都是他自己决定。如此总结而成的，就是这本句集《未完成》。

接着要说的是神奈川县秦野市的井上敬雄。昭和六十一年（1986 年）3 月 30 日，显信写给他的信里，有如下一节：

不是要作俳句，而是想写像山头火、放哉那样的俳句（自然生出的俳句）。与其在俳句的技法上用力，不如提高心境上的东西，我希望自己能这样。

敬雄完全同意他的见解。敬雄与当时占据《层云》主流的句风不合，也没有交心的句友，对他来说，比他小十岁的显信是他交到的第一个值得信赖的句友。他每周都会给病榻上的显信寄来数张明信片，每张都画上意味深长的画，并写上一句俳句。明信片的总数，超过70张。明信片都是寄到显信的家里，夜里显信父母回家后如果看到有明信片寄来，就会叫出租车特意给显信送去。可见显信对敬雄明信片的期待。显信将敬雄寄来的明信片一张张摆在桌子上解释给我听的时候，他那高兴的神情，我永远也忘不了。如下敬雄的俳句，令人联想到朴素的原田泰治的画中世界。

　　轻轻地，像绽放的花一样坐下。　井上敬雄

这一句显信很喜欢。敬雄的存在，给予了显信多少安慰，无法计量。前些天冈山吉备路文学馆"夭折的俳人 住宅显信展"上，到访的敬雄看了自己写给显信的70张明信片，颇感慨地说："当时我写了这些啊，我都忘记了。"

在香川县坂出市经营冶铁工厂的松本久二，当时负责《层云》印刷的大阪的菅崎道雄，公交车司机下村鸣川，他们都是在《层云》创作俳句时间很长的同人，多次来探望显信，

174

鼓励他，为他提供资料也丝毫不惜费时费力。松本和菅崎如今都已作古，鸣川现在在层云事务室任职。

还有桥本阿莎米多里[1]。当时她离了婚，又痛失最爱的弟弟，苦恼中读到《海市》刊登的显信的俳句，感到共鸣，昭和六十一年（1986 年）8 月来看望过显信一回。

北九州市的田中信一，虽然与显信仅见了两次，但每次过来都是一宿两天，与显信谈了很长时间。田中说，昭和六十年（1985 年）读了显信自费出版的句集《试作帐》后大为感动，因此拜访了显信。他见到比自己小十二岁的显信，印象极为深刻。心里想："这个人虽然身体病了，但是心里没病。反倒是我自己，人格上、精神上病得厉害。"他将自己的苦恼毫不遮掩地说给显信听，显信对此时而一声大喝，时而鼓励有加。显信不顾自己病重，写给田中的信，都饱含真心诚意。显信也曾拜托田中说"我死后，请为我立一个句碑，即便碑很小也没关系"。

这件事情是显信的葬礼后，我在与一幸、鸣川的聚会上听田中说的。大家随即决定，七周年忌辰的时候，在冈山市

1　橋本あさみどり，人名，姓"桥本"，名"あさみどり"。原名写假名，不写汉字，或可取汉字"浅绿"，但仍尊重原名留音不取字，音译为"桥本阿莎米多里"。

选个地方，立一个句碑。当时，田中拿出装着显信骨灰的塑料袋，说"我拿过来了"的时候，大家都大惊失色。[1]

此后，田中在每年一度的"层云全国大会"的宴席上，传递写着"显信句碑募捐"的糖果盒，并多次将募捐来的钱送到我这里。"你也得顾一顾场合，不要在宴席上做这个。"我出语虽然严厉，但是心里是高兴的。为给句碑选址，我们也曾一起在冈山市各地查看。若是没有田中的催促，真不知道七周年忌辰能否如期立碑。田中这个人时常令人为难，但他的专一，每每令我为之所动。

关于立句碑时选哪一句来刻，前些天跟田中久别重逢，我问了他。田中说自己当时打电话问显信立句碑该选哪一句时，显信沉默了许久，才说："到目前为止，我还没有心满意足的一句。我想要找到这一句。"

显信与其他俳句句友的交流也多到写不完。作自由律俳句的人，大都亲切而有趣，对此我感受颇深。显信去世后，我跟所有人都见了面。其中有几位，如今也是我无可替代的友人。

1　据本解说作者池畑秀一老师所述，是火化的时候，田中取了一部分显信的骨灰。葬礼后当天大家聚会时，田中拿出骨灰来给大家看，大家都很吃惊。

昭和六十一年（1986年）11月，显信的病情急剧恶化，无法长时间与人说话。我当时以为只是一时恶化，过些天又会慢慢恢复。那段时间我的创作热情很高，很期待显信会对我的俳句做出怎样的反应。可每次准备去探病时，提前给病房打电话，显信的家人都说"今天状况不是很好"，因此未能成行。

12月24日，我没有提前打电话告知，直接去了病房。看到显信病情较之前更为严重，心里很吃惊。他说止疼药无论打多少都不管用，但还是强忍着跟我说了一会儿话。他静静地说自己已经死期不远，看上去已经做好了心理准备。

他说他在准备句集，并给我看了用黑色带子订缀的原稿。当时显信已经不能自己写字，稿件中的俳句，都是显信自己选，然后由舍身照料他的女性笔录。他对我说，出版的时候想用跟野村朱鳞洞[1]的《礼赞》一样黑色的布封皮，把《试作帐》也编进来订成一本，一页一句，书名为"未完成"。他把原稿递给我，问我怎么样，我只觉胸中闷堵，一句话也说不出来。

翌年1月19日，显信躺在床上，一动也不能动，输液

1　野村朱鳞洞，1893—1918，爱媛县人，本名守邻，自由律俳句作家，享年二十四岁。

管扎在脚背上，即便如此，他手里还是牢牢握着《未完成》的原稿。据家人说，显信昏迷时说胡话，仍是在跟句友探讨。

我最后一次去探望，是2月5日。当时看他嘴唇发干，即便是不懂医术的我，也知道他已时日无多。他好像知道是我来了，想要说什么，但是发不出声音来。当时他手里依旧牢牢握着《未完成》的原稿。

2月7日，显信离世。直到生命最后一刻，他对俳句的深深执念丝毫未减。他去世后，我才知道他得的是白血病，而且病情很急。旁人似乎并没有告诉他他得的是什么病，但我想他自己应该早就察觉到了。勇敢地面对一步步逼近的死神，显信静静地、不断地创作俳句。他临死时的气概，令人景仰。

最后跟他见的三面，我尤其印象深刻。句友中，我是唯一现场见证了显信夭折的人。我深切希望，显信透支生命写出的作品，能有更多人来阅读。

缘分总是不可思议，住宅显信俳句集《未完成》在他一周年忌辰的昭和六十三年（1988年）2月7日，由出版过《尾崎放哉全集》的弥生书房出版了。这本书随即成为青年新锐俳人们的话题，显信于是逐渐在俳坛为人所知。

此后，高中国文教科书也收录了显信的作品。去年，在精神科医生香山莉卡[1]的推动下，中央公论新社出版了三册关于显信的书籍。

《住宅显信读本 青春，就是这样寂寞的春天吗》，俳句画册《浑身湿透的，小狗》（松林诚版画），香山莉卡著《总有一天还会见面 显信 跑过人生的诗人》。如是三册。由是，显信拥有了更广泛的读者，不局限于与俳句有关联的人。

本书是《未完成》的文库本[2]。显信亲自遴选并决定编排序列的《未完成》在此以一种更容易读到的形式复活了。

香山莉卡云："身患不治之症的显信，乍看与现在的年轻人之间似乎没有任何共通点。但是，显信在病倒前，不，即便是在病榻上，他也鼓足力气作为一个'普通青年'过着生命的每一天。显信的俳句，实际上是现代性的、都市性的。如此断定可能过于大胆，我大体上是真的这样认为的。"（《俳坛》平成十四年 8 月号）。我想，本书不正是"显信的俳句，实际上是现代性、都市性的"的实证吗？

年轻摄影家们与显信俳句的合编，这样的方式说是改变

1　香山リカ，原名写假名，没有汉字，音为"rika"，汉字或可为"梨花"，本书音译为"莉卡"。

2　文库本，袖珍本，普及性的小开本书籍。

了以往"句集"给人的印象也不为过。我希望通过本书初次接触自由律俳句的青年，乃至更多的人能与显信的俳句相遇。

冈山大学名誉教授

池畑秀一

译后记

自 2008 年考入华中师范大学日语系以后，我便与日本乃至日本文学结下了不解之缘。日本文学中，我对俳句最感兴趣，相关书籍也读得最多。

今年初夏，在止庵先生的微信读书群里，大家讨论俳句的翻译问题时，止庵先生提出：俳句的翻译最好就是老老实实译成散文，让读者明白原来是什么意思。不宜增字增意，更不要添加内容，用五言或七言译成顺口溜、三句半似的东西。止庵先生的观点我深以为然。因为随着日语能力的增进，才体会到原文与学日语之前读的那些五言或七言俳句译文相比，真可谓云泥之别。讨论时，我找来十首俳句翻译并发在群里交流，蒙止庵先生高看，转发在微博上，一时间吸引了很多朋友对俳句的关注。自那时起我便每天译一句俳句，配上图片，发在微博上。其间，止庵先生还介绍我认识了上海雅众文化传播有限公司的方雨辰女史。

6月6日那天，我选的俳句是住宅显信的"浑身湿透的，小狗"，碰巧方女史读到了这一句——这便是句集《未完成》中文翻译的缘起。

叔本华云："任何有特色、精辟、别具深意的一段语言文字，在翻译成另一种语言之后几乎都无法精确和完美地发挥出原文的效果。诗歌是永远无法翻译的，它们只能被改写。"这句话，或许很多翻译家听了会觉得不大痛快，但是从根本上来说，的确是如此。如果想要最大限度地享受一种语言的文学，除了学这种语言，没有其他的路可走；但话说回来，实际上有时间有精力学会多国语言的人毕竟是少数。所以，翻译肯定是必要的，只是译者要恪守本分，不可自作聪明。

在我看来，读者是作者的客人，译者则是作者的仆人。译者要做的工作，就是忠实传达作者的原意。在诗歌的翻译上，更是要恪守本分，不要在译文里解释说明，更不可掺进自己的体会，最不该是炫耀自己的"文采"，以致损坏作者的原意。译者应该追求的境界，是尽可能把自己藏得让读者几乎感觉不到自己的存在。

不过，这样的大话虽然说下了，我却还不敢自许为一个好的仆人。起初方雨辰女史提出翻译住宅显信的句集时，我心想是自由律俳句，不涉及古日语语法，应该不至于太难；但实际翻译时，却有很多地方觉得难得究竟。有时即便读明白了文字表面的意思，也难以体会到文字背后的趣旨。无奈之下，只好求助于大学时期的恩师石桥一纪老师。今年新冠肆虐，石桥老师因此未能回武汉授课。我在东京，老师在新潟。翻译这本句集期间，我去新潟拜访了老师两次，其间又通过微信语音多次探讨，在老师的帮助下，总算是把281句全部译了出来。

但是其中尚有几句，我怎么也觉得不能完全满意。于是鼓起勇气，写了一封信给显信生前的句友，冈山大学名誉教授池畑秀一老师，向他求助。没想到信寄出去的第三天，我就收到了池畑老师的邮件回复。我跟池畑老师约定在冈山见面，池畑老师甚至帮我联系了显信的儿子住宅春树先生。10月24日在冈山，池畑老师带我访问了显信的老家，见到了显信的父母、妹妹以及句集中多次写到的住宅春树先生。在无量寿庵显信的灵前，我将有疑问的俳句一一向池畑老师和住宅春树先生请教，他们都耐心地给出了自己的见解。

俳句提问结束之后，我随显信家人拜谒了显信的墓。从显信家离开后，池畑老师又带我去看了旭川河边的显信句碑，向我介绍立碑的经过。看完句碑之后，我们又找到了当年显信疗养的医院。24 日这天天气极好，纯净的蓝天上只有一片淡月。我也在医院前观察了一下，确实从显信住过的病房里，可以看见远山和天上的昼月，于是，自然想起显信写过的俳句来。

对于俳句的译法，我认为即便是五七五音的传统俳句，以五言或七言的汉语强译也根本不可行，而应该译成精炼的散文。俳句的五七五音，汉译为五七五言，或五七言，完全是会错意，不免增添许多内容，而且把原有的意蕴都破坏了。进一步说，不仅是俳句，所有外文诗，中译保留格律，是不可能的事情。显信所作的本是自由律俳句，所以翻译时更不必拘泥于五七言的形式。但是中文自有其语法和表达习惯，所以需要梳理、调整方能使译文明白晓畅。遣词造句，应该照应原文的情绪和节奏。所以在中文译出之后，我又找经常互相探讨中国古诗的蜀中好友钱思澈先生一起逐句逐字推敲，这才将译文和注解确定下来。

回到叔本华的话上来，我所译出的中文的住宅显信，终究还是与日文的住宅显信有隔。不过，在诸位师长和朋友的悉心帮助下，我这个"仆人"总算是可以交一份答卷了，希望对各位"客人"和"主人"的交流有所帮助。诸位"客人"读后若有不同意见，欢迎在微博"已而得鱼"私信与我交流。

细谈间，星星变得清晰起来。 显信

最后谨向帮助我翻译的石桥一纪老师、池畑秀一老师、住宅春树先生及其家人，帮助我修改校订中文译稿的钱思澈先生、雅众文化的编辑马济园女史致以诚挚的谢意。同时，也感谢止庵先生的助缘，感谢雅众文化的方雨辰女史能给我这个机会翻译这本句集。

余子庆

2020 年 10 月于东京

住宅显信略年谱

1961 年　昭和三十六年　0 岁
3 月 21 日，生于冈山市西川原仲町 441 番地（现西川原 1 丁目 3 番地 36 号）。父亲名为胜元，母亲名为惠美子。长男，名为春美。

1962 年　昭和三十七年　1 岁
11 月 2 日，其妹惠子出生。

1964 年　昭和三十九年　4 岁
8 月，搬家至冈山市谷万成 1007 番地（现谷万成 1 丁目 3 番地 6 号）。

1967 年　昭和四十二年　6 岁
冈山市立三门小学入学。

1973 年　昭和四十八年　12 岁

冈山市立石井中学入学。

喜欢画漫画，立志将来成为漫画家。

1976 年　昭和五十一年　15 岁

从石井中学毕业后，进入下田学园调理师学校学厨。

同时在冈山会馆上班。与大自己 5 岁的河本予可耶[1] 相识。

从此时起，开始对诗歌、宗教、哲学相关的书籍感兴趣。

1977 年　昭和五十二年　16 岁

3 月，从冈山会馆辞职，回到老家，开始与河本予可耶同居，

并在 "Drive in 山崎屋"[2] 上班。同居生活持续了 8 个月。

1978 年　昭和五十三年　18 岁

3 月，从下田学园调理师学校毕业。与河本予可耶分手后，

从山崎屋辞职，转而同时在津高 Grand Mart[3] 和冈山车站

1　河本ヨキエ，音 "yokie"，人名，女，后与住宅显信同居，原名写假名，不写汉字，或可音译为 "予可耶"。

2　Drive in 山崎屋。Drive in 是发源于美国的一种 "免下车" 服务设施，一般指在交通量大的道路旁营业的食堂或休息场所。Drive in 山崎屋，即名为山崎屋的免下车餐馆。

3　津高 Grand Mart，或谓津高辉煌市场，是冈山市的一家超市。

Peach Plaza 的 "TOYOSAKI" [1] 上班。

1980 年　昭和五十五年　19 岁

4 月，被冈山市役所环境事业部第二事务所（住宅父亲亦在此供职）临时雇用。10 月正式雇用。工作之余，醉心于佛教书籍，几乎每天都与同僚中长他 13 岁的井上清正谈论宗教话题。

1982 年　昭和五十七年　21 岁

从 9 月开始在中央佛教学院远程教育听课，次年 4 月修完所有课程。

1983 年　昭和五十八年　22 岁

7 月，于京都西本愿寺出家得度，成为净土真宗本愿寺派的僧侣，法名显信。

10 月，与小他 1 岁的女性结婚，新婚旅行去了俳句发祥之地——松山。

1　Plaza，西班牙语词，本意为城市公共广场，后常作商业娱乐设施，或者宾馆的名字用。Peach Plaza，或谓桃子广场，是冈山车站附近的一个商场。TOYOSAKI，或为其中一家餐馆。TOYOSAKI 是日语词，但不清楚汉字当如何写。

在松山旅行期间，他去看了正冈子规的句碑和山头火的一草
庵，并且去祭扫了自由律俳句前辈、英年早逝的俳人野村朱
鳞洞的墓。

其后，将自家住宅的一部分改为佛堂，命名为无量寿庵[1]。

1984 年　昭和五十九年　23 岁

2 月 23 日，因急性骨髓性白血病进冈山市民医院住院。

6 月 12 日，冈山市役所停职。

6 月 14 日，长男春树出生。应妻子娘家要求离婚。

离婚后，春树归住宅家抚养。住宅显信由此开始边住院，边
照料幼子。

绝望中开始创作俳句，10 月入《层云》门下，师从层云事务
室的池田实吉。开始深入阅读野村朱鳞洞、尾崎放哉、种田
山头火、海藤抱壶、荻原井泉水的作品。其中，尤其心醉于
放哉的俳句，读透了《尾崎放哉全集》（弥生书房）。

1985 年　昭和六十年　24 岁

2 月，首次在《层云》2 月号上刊登了两句。

1　源于净土三经之一的《无量寿经》。

6月11日，从冈山市役所离职。

12月，自费出版句集《试作帐》。亦在这一时期加入藤本一幸的自由律俳句杂志《海市》。

1986年　昭和六十一年　25岁

2月，在《海市》3号上发表特别作品"被抽取的血"二十句，引发很大的反响。由此开始与井上敬雄、桥本阿莎米多里等人交流。

4月，病情有所安定，暂时出院。在《冈山生活新闻》的声音栏目（4月26日号）里发表"大家一起写自由律俳句吧"，呼吁创作。不久，与应邀的松本白路、西山典子成立"冈山十六夜社"，5月10日，举行第一次句会[1]。

与舍身照料他的女性一起造访冈山生活报社，并介绍了他们的创作成果。《冈山生活报》（6月21日号）因此刊载了显信着僧服的照片以及标题为"一起写自由律俳句吧"的大型报道。

这一段时间，住宅显信各处游说，努力推行自由律俳句。但是，句会再也没能开第二次。

1　句会，即俳句会，创作俳句的聚会。

5月，《海市》4号刊载其作10句。

6月26日，再度住院。

8月，田中信一来访。《海市》5号刊载其作20句。自此，号释显信。

10月30日、31日，两日一宿，与家人一起去京都旅行。此行为其人生最后一次旅行。

11月，《海市》6号刊载其作20句。这段时间，病情急剧恶化。非常想去尾崎放哉命终之地的小豆岛看一看，未能如愿。

1987年　昭和六十二年

2月，《海市》7号刊载其作20句。

2月7日夜间11时23分永眠。满25岁零10个月。

法名泉祥院释显信法师。

5月，《海市》8号为"住宅显信追悼号"专题。

1988年　昭和六十三年

2月7日，弥生书房出版住宅显信句集《未完成》（序文是《尾崎放哉全集》的编撰者井上三喜夫）。

冈山市内某书店内住宅显信句集成为畅销书，5月20日再版。

蜚声于夏石番矢、长谷川棹、岸本尚毅、大屋达冶、小泽实、皆吉司、大木阿麻里[1] 等青年俳句作家中。

文化出版局刊行，季刊《银花》74 号，细井富贵子发表"青春，就是这样寂寞的春天吗"。

村上护将住宅显信写进《夭折俳人列传》（《俳坛》9 月号）。

小林恭二于《实用青春俳句讲座》（福武书店）发表关于"被丢弃的人偶露出的发条"的评论。

1989 年　平成元年

综合俳句杂志《俳句与散文》（牧羊社）10 月号发表特集《住宅显信的世界》。西村和子、今井圣、片山由美子、皆吉司、池畑秀一执笔。

岸本尚毅发表《未完成》百句（抄）。

1993 年　平成五年

2 月 7 日，冈山市京桥西诘旭川绿地建成住宅显信句碑，刻"水的一滴一滴都是笑着的脸"句。

池畑秀一编写其纪念志。

吉备路文学馆里，村上护讲演"青春俳句是否有可能性"；

1　大木あまり，原名写假名，没有汉字，音为"amari"，日本人名中此音汉字有多种写法，本书音译为"阿麻里"。

夏石番矢讲演"灵魂的俳句"。

综合俳句杂志《俳坛》2月号特集"飞走了的自由律俳句之星·住宅显信"上，发表西山典子的"青春摇烂"。

1994年　平成六年

见目诚与帕特里克·布兰奇[1]一起翻译并完成法语版住宅显信句集《未完成》（*INACHEVE*）（发表于平成十一年"兵库县立神户高等学校研究纪要"）。

1996年　平成八年

4月，宗由安正编《现代俳句集成》（立风书房）收录其作152句。并附"绕到坟墓的后面"，此为住宅显信唯一的散文，内容为评论尾崎放哉的俳句（此文最初刊登在《海市》7号）。

7月，仁平胜在《现代俳句全景图》上就住宅显信句"没有星星的夜，拉开长窗帘"发表评论。

1997年　平成九年

11月，夏石番矢编著《俳句是朋友——想要记住的名作80选》

1　Patrick Blanche，法国人，曾与见目诚一起将显信的俳句译成法文。

（教育出版）里收录"浑身湿透的，小狗"。

1998 年　平成十年
中冈尚美与黑濑纮子共同翻译的《英文版 住宅显信句集＜未完成＞》（*Unfinished*）发表在津山工业高等专门学校纪要39・40 号上。

1999 年　平成十一年
2 月，高等学校国语科用教科书《精选国语Ⅱ》（东京书籍）收录"输液瓶和白月悬挂着的夜"。
综合俳句杂志《俳句四季》（东京四季出版）4 月号刊登特集"住宅显信"。
执笔为小泽实、宇多喜代子、大屋达治、长谷川棹（以上为再录）、见目诚。

2002 年　平成十四年
3 月，夏石番矢编《樱桃小丸子的俳句教室》收录"浑身湿透的，小狗"。
5 月，中央公论新社同时发售《住宅显信读本 青春，就是这样寂寞的春天吗》、俳句画册《浑身湿透的，小狗》（松林诚版画）。

歌手友川卡兹凯[1] 发售 CD《显信的一击》。

6 月 5 日，东京电视台"新闻之眼"播放特集"灵魂俳人——住宅显信没后第 15 年的气息"。

6 月 6 日，《读卖新闻》于"编辑笔记"介绍住宅显信。

6 月 7 日，NHK 卫星播放第二，书评节目 BS Book Review 中介绍"浑身湿透的，小狗"。

7 月 11 日至 10 月 6 日，吉备路文学馆"夭折的自由律俳人——住宅显信展"展出，为期三个月。

《俳坛》8 月号，刊登特别企划"夭折的自由律俳人——住宅显信的世界"。执笔为春上护、瓜生铁二、香山莉卡、黑田杏子、齐藤慎尔、夏石番矢。池畑秀一录住宅显信代表作 30 句。

11 月 23 日，NHK 电视综合放送"五七五纪行"，"行在冈山（住宅显信）"播出。演员为来自爱媛县的俳人相原左义长。

法国伽利玛出版社出版日本俳句选集《HAIKU: Anthologie du poème court japonais》，自松尾芭蕉至现代俳句，共收 507 句，

1　友川カズキ，1950 年生，日本歌手，画家。其艺名カズキ只写假名，没有汉字，音为"kazuki"，汉字或可为"一树、和树"，本书音译为"卡兹凯"。

其中选住宅显信的 9 句如下：

以弄坏的身体，度过夏天。

病了，远去日子里的蝉鸣。

输液瓶和白月悬挂着的夜。

渐渐冷起来的夜里，黑色的电话机。

发出 SOS，夜风里的摩尔斯电码。

漏了气的汽水是我的人生。

病，就像如此剥鸡蛋的指尖。

自杀念头，熊熊燃烧的火。

洗脸盆里扭曲的脸，捧起来。

2003 年　平成十五年

2 月，池畑秀一监修《夜冷清，有人笑了起来——住宅显信全俳句集全实像》（小学馆）发行。

图书在版编目（CIP）数据

水的一滴一滴都是笑着的脸 /（日）住宅显信著；余子庆译 . —上海：
上海三联书店，2021.10 （雅众诗丛 . 日本卷）
ISBN 978-7-5426-7513-2

I.①水… II.①住…②余… III.①俳句—诗集—日本—现代 IV.① I313.25

中国版本图书馆 CIP 数据核字（2021）第 166818 号

水的一滴一滴都是笑着的脸

著　者 /［日］住宅显信
译　者 / 余子庆

责任编辑 / 张静乔
策划机构 / 雅众文化
策 划 人 / 方雨辰
特约编辑 / 马济园　钱凌笛　张康诞
装帧设计 / 郑　晨
监　制 / 姚　军
责任校对 / 王凌霄
出版发行 / 上海三联书店
　　　（200030）中国上海市漕溪北路 331 号 A 座 6 楼
邮购电话 / 021-22895540
印　刷 / 山东临沂新华印刷物流集团有限责任公司
版　次 / 2021 年 10 月第 1 版
印　次 / 2021 年 10 月第 1 次印刷
开　本 / 640mm×1092mm　1/32
字　数 / 101 千字
印　张 / 6.5
书　号 / ISBN 978-7-5426-7513-2 / I · 1722
定　价 / 48.00 元

敬启读者，如发现本书有印装质量问题，请与印刷厂联系 0539-2925659